Fantômette
contre le Hibou

RETROUVEZ *Fantômette* DANS LA BIBLIOTHÈQUE ROSE

Fantômette au carnaval
Fantômette et la télévision
Fantômette et le château mystérieux
Fantômette et son prince
Fantômette et les 40 milliards
Les sept Fantômettes
Fantômette et la lampe merveilleuse
Fantômette contre Fantômette
Fantômette s'envole
Fantômette ouvre l'œil
Fantastique Fantômette
Fantômette brise la glace
Fantômette et le masque d'argent
Les exploits de Fantômette
Fantômette et le trésor du pharaon
Fantômette et la Dent du Diable
Pas de vacances pour Fantômette
Fantômette contre le géant
Fantômette et la maison hantée
Fantômette contre le Hibou
Le retour de Fantômette

Georges Chaulet

Fantômette contre le Hibou

Illustrations
Patrice Killoffer

HACHETTE
Jeunesse

Françoise

Sérieuse et travailleuse, Françoise est une élève modèle qui se passionne pour les intrigues. Vive, pleine de bon sens et intrépide, n'aurait-elle pas toutes les qualités d'une parfaite justicière ?

Boulotte

Gourmande avant tout, elle se moque pas mal du danger... tant qu'il y a à manger !

Mlle Bigoudi

Si elle apprécie Françoise, l'institutrice s'arrache souvent les cheveux avec Ficelle et lui administre bon nombre de punitions.
Que penserait-elle si elle était au courant des aventures des trois amies !?

chapitre 1

Ficelle, Françoise, Boulotte

— Comment écrit-on archéoptéryx ? demande Ficelle.

— Comme ça se prononce, répond Françoise.

Ficelle est une grande fille blonde, « allongée en longueur », dont les yeux rêveurs sont toujours perdus dans quelque vision lointaine. Au contraire, les yeux noirs de la brune Françoise pétillent de malice. Assises à une petite table recouverte de plastique bleu, l'une en face de l'autre, elles font leurs devoirs.

Le local où elles se trouvent est la chambre de la grande Ficelle. Une chambre d'aspect bizarre. Les murs, qui étaient nus à l'origine, ont été petit à petit recouverts d'une imposante collection d'assiettes décorées.

Ficelle les a achetées d'occasion – elles sont quelque peu ébréchées – et a barbouillé dessus des oiseaux, des fleurs et des insectes à grand renfort de gouache. Elle tient ces assiettes pour de précieuses pièces de collection et n'aurait consenti à s'en défaire à aucun prix.

Entre deux assiettes, on peut admirer des photos découpées dans des magazines. Attirée par les couleurs plutôt que par les sujets, Ficelle fait voisiner un portrait du général sud-américain Zapatillo avec une publicité pour une eau gazeuse qui fait Pchout ! ! !

Du plafond descendent des fils innombrables auxquels pendent des papillons de carton, des bonshommes en papier et des masques de carnaval. Sur chaque meuble reposent des coquillages marqués Souvenirs de Fécamp, de Concarneau ou d'Arcachon.

Le lit est couvert de chaussettes multicolores, d'écharpes et de gants. Quant au sol, il disparaît sous des pochettes de disques, des emballages de gâteaux secs ou des guides de poche utilitaires : *Comment je choisis ma robe*, *Comment je prépare des sandwiches* ou *Comment je coiffe mes cheveux*.

Sur la table de nuit, une cage en bambou

renferme un oiseau rouge et jaune dont Ficelle ignore l'espèce, mais qu'elle a baptisé rossignol. Les chants de l'animal consistent en une série de piaulements aigus qui déchirent les tympans.

À côté de l'oiseau, un objet qui ressemble à la lampe magique d'Aladin contient des rubans de papier d'Arménie qui brûlent en grésillant, répandant dans la pièce des nuages bleus et parfumés. Toutes les cinq minutes, la maîtresse des lieux se lève pour les renouveler. Un petit poste radio, caché quelque part dans la pièce (probablement sous le lit), diffuse une musique à base de trompette.

Cet aimable fouillis ne gêne guère Françoise, qui se concentre sur un classique problème de robinets : « Si une baignoire de 500 litres est alimentée par un robinet qui débite 1 500 litres d'eau en une heure et en même temps se vide par une bonde qui laisse échapper 800 litres à l'heure, au bout de combien de temps sera-t-elle pleine ? » Après lecture de l'énoncé, Ficelle hausse les épaules.

— C'est idiot de vouloir remplir une baignoire en laissant la vidange ouverte ! Notre institutrice nous pose des problèmes grotesques !

Elle laisse Françoise effectuer les calculs en se promettant de recopier la solution sur son cahier. Elle pose ses coudes sur la table, se prend la tête entre les mains et se met à rêver. Elle pense aux futures vacances, imaginant les escalades qu'elle va faire en Savoie ou dans le Jura ou dans les Pyrénées – elle n'est pas encore très bien fixée.

Elle se voit déjà passant des cols, escaladant des pics, sac au dos, encordée, un alpenstock dans une main, l'autre protégeant ses yeux de la lumière intense pour pouvoir admirer les dentelures rocheuses recouvertes d'une neige éblouissante...

Le jazz fait place à la voix d'un journaliste qui débite un bulletin d'informations : la conférence au sommet... le problème du logement... le conseil des ministres... la révolution de Porto-Pancho...

Soudain, Françoise lève la tête, faisant signe à son amie d'être attentive.

« ... dans la petite ville de Framboisy. D'après notre correspondant de l'agence Presse-

France, l'étrange aventurière que l'on connaît sous le nom de Fantômette vient encore une fois de réaliser un exploit extraordinaire.

« Un incendie s'est déclaré hier soir dans un immeuble situé sur la place Picsou. En voulant jouer avec des allumettes, deux jeunes garçons ont mis le feu à une bouteille d'alcool à brûler.

« Les parents, qui les croyaient sagement couchés, étaient allés au cinéma. La bouteille tomba et se brisa sur le sol, en laissant échapper le liquide qui communiqua rapidement le feu aux meubles. En un instant, l'appartement fut la proie des flammes.

« Des voisins, alertés par les cris des enfants, essayèrent d'enfoncer la porte, mais ne purent y parvenir. Par malchance, c'était une porte neuve et très solide que l'on venait de poser quelques jours auparavant.

« La situation tournait au tragique, quand on vit brusquement apparaître sur le faîte du toit une silhouette noire ; une sorte de diable masqué, qui attacha une corde à une cheminée et se laissa glisser au niveau d'une fenêtre de l'appartement qu'il ouvrit en brisant un carreau.

« Ce diable se lança dans les flammes, ressortit en tenant dans ses bras un des enfants, et le déposa en sûreté sur le toit, à distance des tourbillons de fumée. Il plongea de nouveau dans l'appartement et sauva le deuxième enfant. Lorsque les pompiers parvinrent sur le toit, ils n'y trouvèrent que les enfants. Le diable noir avait disparu.

« Selon des témoins, il ne peut s'agir que de Fantômette, cette jeune aventurière qui s'est déjà signalée par les prodigieuses captures de bandits qu'elle a faites au cours des derniers mois. »

Sur cette curieuse nouvelle s'achève le bulletin d'informations. La grande Ficelle fourrage dans le plat de spaghetti qui lui tient lieu de chevelure, lève un index et déclare sentencieusement :

— À mon avis, Fantômette doit habiter ici, à Framboisy. As-tu remarqué qu'elle opère toujours dans la région ?

— Crois-tu ?

— Mais oui. Les voleurs qu'elle fait arrêter cambriolent à Framboisy ou dans les villages des alentours.

— Pourtant elle a récemment démasqué un gang près de Marseille.

— Oui, c'est vrai. Mais la plupart du temps, on entend parler d'elle à Framboisy. Tiens, lorsqu'elle a aidé le professeur Potasse à se débarrasser des espions de Névralgie, c'était ici[1]. Et la semaine dernière, quand elle a retrouvé les passagers de la voiture qui est tombée dans la rivière, c'était à trois kilomètres d'ici. Regarde.

Ficelle va chercher une carte routière dans son lavabo – le diable sait ce qu'elle fait là –, prend un compas et trace une circonférence de cinq centimètres de rayon, dont le centre est occupé par Framboisy.

— Tu vois, elle agit à peu près dans les limites de ce cercle. Lorsqu'elle sort pour aller dans une autre ville, c'est excès... except... excess...

— Exceptionnel.

— Voilà. Pourquoi y a-t-il tant de mots compliqués en français ? Il faudra que je pose la question à notre institutrice. Et je me demande aussi...

1. Voir *Les exploits de Fantômette*, dans la même collection.

— Tu ferais mieux de te demander en combien de temps la baignoire sera remplie.

— Quelle baignoire ?

— Celle du problème.

— Quel problème ?

— Celui que tu es en train de faire. Ou plutôt que tu devrais être en train de faire.

Ficelle redescend soudain sur terre.

— Ah ! oui, je n'y pensais plus...

L'étourdie va pour reprendre le calcul du débit des robinets, quand la porte s'ouvre d'un seul coup, et quelque chose entre dans la pièce. On pourrait penser à première vue qu'il s'agit d'un énorme sac de pommes de terre, mais en y regardant de plus près on constate que c'est une fille d'âge réduit, mais de volume considérable.

— Ah ! voilà Boulotte, s'écrie Ficelle.

Boulotte a un visage jovial aux joues rebondies. Elle tient à la main une feuille de papier qu'elle brandit avec enthousiasme, et annonce d'une voix essoufflée :

— Je vous apporte..., je vous apporte...

— La solution du problème des robinets ? demande Ficelle.

— Non, ce problème-là, je ne sais pas le

faire. Je vous apporte une recette de cuisine que je viens de recopier dans *L'Art du bien-manger*. Vous allez voir... C'est la façon de préparer le salmigondis à la moldo-valaque. On prend une livre de farine de maïs, un demi-litre de lait d'ânesse, deux œufs de pélican...

La grosse fille débite sa recette avec conviction, mais les deux autres ne l'écoutent guère. Françoise recopie sur son cahier de calcul la solution du problème qu'elle a trouvée sans aucune difficulté, et la grande Ficelle observe avec intérêt les efforts que fait une mouche pour passer à travers les carreaux d'une fenêtre. Après avoir énoncé la recette du salmigondis, Boulotte replie soigneusement le papier et demande :

— Savez-vous la nouvelle ?

— Non, dit Françoise, mais je devine que tu vas nous l'apprendre.

— Oui, oui ! C'est une chose qui est arrivée un peu après notre sortie de l'école, vers quatre heures et quart. Vous connaissez l'épicier Champignon ? Il a une belle boutique !

— Bien sûr, dit Françoise, tu t'y rends dix fois par jour pour acheter des gâteaux secs ou du chocolat.

— Oui. Et il gare toujours sa voiture devant le magasin. Eh bien, un camion lui est rentré dedans !

— Dans le magasin ?

— Non, dans son auto. Il a à moitié démoli une aile et une portière.

— Je ne vois pas ce que cela a d'extraordinaire. Il y a tous les jours des accidents d'auto.

— Bien sûr. Seulement c'est la troisième fois cette semaine que la voiture de l'épicier est démolie. La première fois, c'était une autre voiture qui lui avait embouti l'arrière, la deuxième fois c'est une camionnette qui a arraché son pare-chocs avant, et maintenant c'est un camion.

— Et la voiture de l'épicier était à l'arrêt ?

— Oui, dans les trois cas. Je trouve cela horriblement bizarre. Est-ce dû au hasard, ou quelqu'un s'amuse-t-il à faire des farces à Champignon ?

— Ce serait d'assez mauvais goût.

Ficelle prend un air mystérieux et dit à voix basse :

— À mon avis, c'est une malédiction qui est tombée sur la tête de l'épicier. Il y a comme ça des gens qui n'ont pas de chance. Ou peut-être que son épicerie a reçu un sort. Il y a des endroits qui attirent les catastrophes, comme le papier collant attire les mouches !

— La comparaison est poétique, dit Françoise en souriant.

— Oh ! je ne plaisante pas ! Tenez, avez-vous remarqué que, depuis quelques semaines, il s'est produit quatre incendies de fermes au sud de Framboisy ? Presque tous dans la même région ! Les paysans disent qu'il y a une malédiction dans le pays.

— Allons donc ! D'après les enquêtes, ce sont uniquement des accidents.

— C'est ce qu'on prétend ! Pour moi, c'est de la sorcellerie.

— Mais non, voyons ! la première et la deuxième fois, c'étaient des incendies causés par la trop forte chaleur solaire ; la troisième fois, il y a eu un court-circuit dans une installation électrique ; et, dans le dernier cas, c'était une meule de paille enflammée par la cigarette d'un fumeur imprudent. Toutes ces causes sont parfaitement naturelles. Si les paysans croient qu'une sorcière a jeté des sorts sur leurs fermes, c'est de la superstition. Tu n'es pas superstitieuse, j'espère ?

Ficelle se récrie :

— Moi ? Jamais de la vie !

— Je croyais que tu ne passais jamais sous une échelle ?

— Parfaitement, je ne passe jamais sous une échelle. Mais ce n'est pas par superstition, c'est uniquement pour éviter que ça me porte malheur.

— Ah ! bon.

Les minutes qui suivent sont consacrées à mettre noir sur blanc la solution du problème de la baignoire. Boulotte, qui a apporté son cahier, le barbouille de calculs fort compliqués, tout en tirant une langue colorée en rouge par des bonbons à la framboise. Quant à Ficelle, elle trouve plus simple de recopier la solution de Françoise. Les devoirs étant terminés, on passe aux leçons. Tandis que les trois amies se livrent à cette utile autant que passionnante occupation, un événement bizarre se produit à cent mètres de là, dans la boutique de l'honorable M. Rillette, charcutier à Framboisy.

chapitre 2
Curieux événements

C'est une belle boutique que celle de M. Rillette. Grande, longue, haute, tout en verre épais et marbre rose. Derrière une vitrine réfrigérée s'alignent des parallélépipèdes de pâtés, des pieds de porc et des blocs de saindoux qui ressemblent à des montagnes de neige ; les murs sont tapissés de boîtes de conserve aux étiquettes multicolores ; au plafond pendent des jambons reliés entre eux par des guirlandes de saucisses.

Armé d'un couteau à large lame, bien effilé, M. Rillette tranche le pâté, découpe la mortadelle et le saucisson. C'est un gros homme replet, au visage rond et réjoui, qui paraît enchanté de servir une clientèle nombreuse et satisfaite, attirée par la bonne réputation de la maison. À la caisse trône Mme Rillette qui rivalise de volume avec son mari.

En ce début de soirée, les clientes se pressent pour se faire servir boudin et côtelettes. Le patron débite à la machine des tranches de jambon qu'il enveloppe de papier parchemin et de sourires. Tout semble assurer la satisfaction de la clientèle et la prospérité du commerce, lorsqu'une dame entre dans la boutique d'un pas résolu, marche droit vers le charcutier et se plante devant lui en criant :

— Que mettez-vous dans votre pâté de foie ?

De saisissement, M. Rillette fait un pas en arrière.

— Comment, madame Boulon, que dites-vous ?

C'est en effet Mme Boulon, la femme du garagiste de Framboisy, qui vient d'entrer de façon intempestive. Elle répète d'un ton sec :

— Que mettez-vous dans le pâté de foie ?

Le charcutier lève les bras au ciel.

— Que voulez-vous que j'y mette, ma bonne dame ? Du foie de porc, parbleu !

— Ah ! vraiment ?

Mme Boulon brandit sous le nez du commerçant un objet qu'elle tient entre le pouce et l'index et demande ironiquement :

— Et ça, qu'est-ce que c'est ? Du foie de porc, peut-être ?

Le charcutier prend l'objet et l'examine. Les clientes qui remplissent la boutique s'approchent et font cercle autour de lui afin de mieux voir de quoi il s'agit.

— Hum !... Cela ressemble à du cuir..., à un bout de lanière.

— Parfaitement, c'est une sorte de lanière en cuir. C'est très exactement huit centimètres de rênes de cheval. Et savez-vous ce que cela prouve ?

— Hum !... Non, madame, je ne vois pas très bien...

Mme Boulon agite le morceau de cuir à bout de bras, au-dessus de sa tête, et prononce ces paroles que le charcutier entend avec épouvante :

— Cela prouve que votre pâté de porc est fait avec du cheval !

— Oh ! madame ! Comment pouvez-vous dire cela ?

— Parfaitement ! Et je précise : avec des

chevaux dont vous ne prenez même pas la peine de retirer la selle ni les rênes ! Et que vous fourrez tout entiers dans votre machine à hacher !

Les clientes ont écouté de toutes leurs oreilles la stupéfiante révélation. Un « Oh ! » général traduit leur surprise. Déjà un mouvement général se dessine en direction de la porte. Le charcutier et la charcutière se précipitent pour leur barrer la sortie, en bredouillant des paroles rassurantes.

— Voyons, mesdames, voyons ! Ne partez pas ! C'est une horrible méprise !... Vous savez bien que nos produits sont les meilleurs à dix lieues à la ronde... et qu'il n'est jamais entré le plus petit milligramme de cheval dans notre pâté !

Mme Boulon pousse des glapissements indignés :

— Alors, dites tout de suite que je suis une menteuse !

— Je ne dis pas cela, madame ; mais enfin, tout le monde peut se tromper...

— Ah ! vraiment ? Eh bien, je veux être changée en mortadelle si jamais je remets les pieds dans cette boutique !

Elle laisse dédaigneusement tomber à terre le bout de cuir et sort à grands pas, tandis que derrière elle le silence se fait pesant.

Malgré les efforts du charcutier et de sa femme, la plupart des clientes s'en vont sans rien acheter.

Les seules qui restent prennent des olives et une boîte de petits pois. Les deux commerçants se regardent, effondrés. M. Rillette s'éponge le front.

— Mais qu'est-ce qu'il lui a pris, de venir me faire ce scandale ! Nous n'avons jamais mis de cheval dans nos pâtés ! À peine un peu de veau de temps en temps...

— Je le sais bien !

— C'est la première fois qu'on nous fait un tel affront ! Cela ne se fait pas, d'aller publiquement dénigrer la marchandise d'un commerçant ! Est-ce que je vais raconter partout que le garagiste Boulon met de l'eau dans son essence, ou qu'il sème des clous sur la chaussée, pour que les autos crèvent et que leurs propriétaires viennent faire faire leurs réparations chez lui ?

— Ce serait bien possible. Il paraît que cette semaine, trois voitures ont crevé juste au moment où elles passaient devant le garage. C'est évidemment Boulon qui a fait la réparation, et il en a profité pour faire des révisions sur les voitures, changer des pièces qui n'avaient probablement pas besoin de l'être, et présenter aux automobilistes des factures astronomiques. Imagine que nous allions dire cela dans son garage à haute voix pendant qu'un client s'y trouve ! Cela ferait plutôt mauvais effet !

— Je pense bien !

— Enfin, espérons que Mme Boulon ne reviendra plus chez nous !

Or, la mésaventure survenue au charcutier ne devait pas être un cas isolé. Une série de catastrophes allait s'abattre sur la bonne ville de Framboisy. L'une d'elles concerne le cinéma *Majestic*.

IVANHOÉ CONTRE ROBIN DES BOIS
une superproduction
EN CHROMOCOLOR ET PANORASCOPE
L'ÉVÉNEMENT CINÉMATOGRAPHIQUE
DU SIÈCLE
Le Moyen Âge comme si vous y étiez !

Avec les héros de cette grande aventure, vous recevrez mille coups d'épée ! Leurs chevaux vous transporteront d'enthousiasme et leurs multiples combats vous paraîtront singuliers ! Avec Robin des Bois, vous serez percés de flèches et décapités par les boulets des bombardes ! Avec Ivanhoé, vous serez hachés en morceaux et pendus !

Ne vous privez pas de ces plaisirs !

Ne manquez pas ce merveilleux spectacle qui vous laissera un souvenir inoubliable ! ! !

C'est en ces termes optimistes et prometteurs que les affiches du *Majestic* de Framboisy annoncent le programme de la soirée.

Un public nombreux se presse au guichet, avide de voir s'étriper les fameux héros. La sonnerie de l'entrée fait se presser les retardataires et bientôt les fauteuils rouges de la salle se trouvent tous occupés. Le public a droit aux actualités qui le font assister aux habituels accidents d'avion, inondations et incendies, puis il s'efforce de se passionner pour un documentaire sur la culture du soja dans les plaines du Baloutchistan[1]. Après quoi, un long entracte permet aux ouvreuses de vendre des bonbons dont les emballages de cellophane vont créer un agréable fond sonore pendant la projection du grand film.

On l'attend avec impatience, ce film. On se réjouit déjà à la perspective de combattre le Chevalier Noir, d'enlever la belle Rowena, ou de déjouer les ruses du méchant Jean sans Terre. L'entracte se prolonge. Les disques succèdent aux disques, ponctués par les « Esquimaux, bonbons acidulés ! » des ouvreuses. Au bout d'un moment, un spectateur excédé se met à taper du pied en cadence. Bientôt un autre l'imite, et un troisième. Puis toute la salle bat la semelle sur le plancher : Ran-Plan-Plan ! Ran-Plan-Plan ! Des sifflets, puis des huées s'élèvent : « Commencez ! Commencez ! » En quelques minutes, la salle devient

---

1. Dans les années 1960, les actualités étaient encore au programme des séances de cinéma. *(N.d.E.)*

houleuse. L'énervement se manifeste par un vacarme agressif.

Mais ce n'est rien auprès de ce qui se passe dans la cabine de projection. L'opérateur, affolé, court de tous les côtés, défonce des boîtes, des caisses, ouvre des armoires, tandis que le directeur du cinéma, appelé par téléphone, s'arrache les cheveux.

— Le film ! Où est le film ? Où sont passées les bobines ?

Le film a disparu ! Le directeur saisit le projectionniste par sa blouse et le secoue.

— Mais enfin, où est-il, ce film ? Il est bien arrivé hier matin ?

— Oui, monsieur le directeur, les bobines étaient dans cette caisse-là...

— Et la caisse est vide... Tonnerre ! Et ces bobines, qu'en avez-vous fait ?

— Mais je n'y ai pas touché !

— Sapristi de sapristi ! Et les ouvreuses, vite, il faut les appeler !

Les ouvreuses sont interrogées, mais elles ne savent rien. On va en toute hâte chercher la femme de ménage qui balaie le cinéma. Elle déclare n'avoir rien vu d'anormal. Elle n'entre d'ailleurs jamais dans la cabine de projection, domaine réservé à l'opérateur.

Pendant ce temps, la salle hurle de plus en plus fort, en menaçant de casser les fauteuils...

Transpirant d'angoisse, le directeur doit se résigner à monter sur scène pour annoncer « qu'un incident technique indépendant de sa volonté l'oblige à suspendre la projection du film ». Les billets vont bien sûr être tous remboursés.

Alors, c'est un beau chahut dans la salle. Les hurlements qui s'étaient un instant apaisés pour permettre d'entendre l'annonce reprennent de plus belle. Il faut prévenir d'urgence la gendarmerie de Framboisy qui dépêche le brigadier Pivoine et le gendarme Lilas afin de ramener l'ordre...

Finalement, les spectateurs mécontents repassent un par un devant le guichet et récupèrent le prix de leur place, non sans force grognements et protestations. Des petits groupes se forment dans la rue, qui commentent l'événement en des termes peu flatteurs pour la direction du cinéma. Finalement, les Framboisiens déçus rentrent chez eux en déclarant qu'il se passerait bien des lunes avant qu'on les surprenne à retourner au *Majestic*.

En voyant son public s'éloigner, le directeur fait d'amères réflexions. Il soupire :

— J'ai l'impression qu'ils s'en souviendront, de « l'inoubliable » superproduction. Et moi aussi !

Il est tiré de sa méditation par un léger coup frappé sur son épaule. Il se retourne.

— Ah ! brigadier Pivoine !

Le gendarme demande si l'on a encore besoin de ses services.

— Non, brigadier, c'est terminé. Je vous remercie d'avoir rétabli l'ordre.

— Parfait. Je vous demanderai de passer demain matin à la gendarmerie pour y faire une petite déposition.

— Une déposition ?

— Hé ! oui. Quand nous sommes en service spécial, comme ce soir, c'est que quelqu'un nous a appelés, indubitablement. Et le nom de ce quelqu'un doit être mentionné dans notre rapport, ainsi que les motifs pour lesquels nous nous sommes dérangés.

— Ah ! parfaitement. C'est entendu ; à demain matin.

Le brigadier Pivoine salue réglementairement et se retire, escorté par le gendarme Lilas. Le directeur retourne dans la cabine de projection. L'opérateur continue de fouiner dans les coins à la recherche du film, mais sans grande conviction. Il ne fait aucun doute que les bobines ont été volées. Et la chose n'a pas dû être bien difficile, car la cabine n'est fermée que par un loquet qui peut être soulevé de l'extérieur au moyen d'une lame de couteau.

— Vous n'avez aucune idée de la personne qui nous a joué ce mauvais tour ?

— Aucune, monsieur le directeur.

— Bizarre..., bizarre...

Le directeur tourne en rond dans la cabine, regarde machinalement le sol, puis les projecteurs. Son regard se porte sur un petit rectangle blanc dont un angle est coincé sous le support d'un des appareils.

— Tiens, qu'est-ce que c'est que ça ?

Il prend le rectangle, l'examine. C'est une carte de visite qui ne porte aucun nom. Mais sur une des faces est tracé à l'encre de Chine un dessin d'aspect assez primitif, représentant un hibou. Le directeur hausse les épaules, met la carte dans sa poche et sort de la cabine.

— Venez, nous n'avons plus rien à faire ici.

Les deux hommes quittent le cinéma.

Soudain, la nuit est zébrée par un éclair blanc, et de grosses gouttes de pluie se mettent à tomber.

— Il va y avoir de la tempête, dit l'opérateur.

— Oui. Décidément, la journée n'aura pas été brillante. Bonne nuit tout de même.

Il relève le col de son veston et s'enfonce dans le noir.

Au même instant, une autre scène curieuse se déroule à quelques kilomètres de là, dans une ferme proche de Framboisy.

— Alfred, tu as entendu ? Alfred, réveille-toi !

La fermière secoue son époux, qui émet quelques grognements indistincts.

— Alfred, je suis sûre qu'il y a quelqu'un dans le jardin !

— Allons, Marie ! Tu rêves... Dors !

— Mais non ! Écoute...

Le fermier tend l'oreille. La nuit est déchirée par les grondements du tonnerre et le bruit de tambour que fait la pluie en tombant sur les toits qui recouvrent la ferme.

— Tu rêves, Marie. C'est point quelqu'un, c'est l'orage.

— Non, non. J'ai entendu des voix et un bruit de pas.

— S'il y avait quelqu'un, l'chien aurait aboyé, ma mie.

— Bah ! tu sais bien qu'il aboie seulement le jour, contre les chats ou les autres chiens. La nuit il est fatigué, et il dort.

— Eh ben, fais comme lui.

Il se retourne et s'endort de nouveau. Sa femme reste éveillée. Le tonnerre continue de faire résonner ses roulements. Pendant un long moment, la fermière écoute les sifflements du vent et les claquements d'un volet mal fermé. Sur le faîte du toit, une vieille girouette à demi rongée par la rouille pivote sous les rafales avec des grincements désagréables.

« J'ai dû rêver... » pense Marie.

Elle remonte la couverture jusque sous son nez (ce qui a pour effet de lui mettre les pieds à l'air) et ferme les yeux. L'instant d'après, elle doit les rouvrir. Un bruit bizarre provient du jardin... non, de plus loin peut-être... du verger... c'est cela, du verger. Un bruit régulier, alternatif, *comme celui que produirait une scie sur du bois.* La fermière secoue son mari avec énergie.

— Écoute ! Tu entends, maintenant ? Quelqu'un est en train de scier dans le verger !

Alfred se dresse brusquement sur son lit.

— Allons, tu es folle ! Qui s'amuserait-y à scier du bois à c't'heure, sous l'orage ?

Il prête attention et finit par se rendre à l'évidence. C'est bien le bruit d'une scie à main. Il réfléchit une seconde et se décide :

— J'y vas !

Il se lève, s'habille sommairement, sort de la chambre et descend au rez-de-chaussée. Il prend une lampe de poche et décroche son fusil de chasse dans lequel il glisse deux cartouches. Il ôte les chaînes qui ferment la porte et sort dans la tempête. Le son lui parvient, net, très fort malgré les bourrasques du vent.

— Y a point d'doute, c'est dans l'verger !

Prenant soin de ne pas allumer sa lampe, il se dirige à grands pas vers l'endroit d'où proviennent les crissements de la scie. Il traverse le jardin potager, puis ouvre silencieusement la barrière de bois qui clôture le verger. Le bruit cesse.

— Oh ! est-ce qu'on m'aurait entendu ?

Il s'immobilise, écoute attentivement. Il se produit alors un craquement de bois qui se brise, suivi du choc sourd d'une chose pesante frappant le sol.

— Qu'est-ce que c'est ? Que peut-y ben se passer ?

En braquant son fusil devant lui comme un chasseur qui poursuit le gibier, il s'élance en avant, en courant le plus vite possible. Un bruit de pas précipités lui parvient : la galopade de plusieurs hommes s'enfuyant. Il allume sa lampe, crie :

— Arrêtez ! Arrêtez ou je tire !

Il fait feu au jugé, par deux fois, et s'immobilise pour écouter. Les fuyards s'éloignent, se fondent dans la nuit. Le fermier balaie avec le rayon de sa lampe le sol autour de lui, cherchant les traces du travail effectué par les étranges visiteurs. Alors il voit...

Allongé sur le sol, comme frappé par la foudre, gît un prunier énorme ; l'un des plus beaux du verger, qui faisait l'orgueil de son propriétaire. Les branches sont chargées de fruits innombrables, tout prêts à être cueillis. Le tronc a été scié net, à un mètre du sol.

— Ah ! les brutes ! les vandales ! les criminels !

Le fermier dirige le rayon sur ce qui reste du fût, poteau inutile, ridiculement planté dans le sol. À quelques centimètres sous la coupure faite par la scie, un dessin a été grossièrement gravé dans l'écorce.

Il représente un hibou.

chapitre 3

Le tonneau dans la vitrine

— Veuillez noter, mesdemoiselles, l'effervescence que produit la craie au contact des acides.

Mlle Bigoudi s'assure que ses élèves inscrivent sur leurs cahiers cette importante expérience de chimie.

L'institutrice débouche un flacon d'acide chlorhydrique et en verse quelques gouttes dans un tube à essais qui contient divers bouts de craie. Elle lève le tube pour que la classe tout entière puisse constater que la fameuse effervescence se produit normalement.

— Et quel est le gaz qui se dégage ? Vous vous le demandez ?

Ficelle fait la moue. Elle ne se demande pas

quelle est la nature du gaz issu du tube, mais la raison pour laquelle les oiseaux pépient. Un rouge-gorge s'est posé au sommet d'un arbre de la cour de récréation et lance des tut-tut-tut aussi harmonieux qu'incompréhensibles.

« Que peut-il bien vouloir dire, ce rossignol ? (Pour Ficelle, tous les oiseaux sont des rossignols.) Il a l'air de bavarder avec un autre oiseau. Ils doivent sûrement parler de la pluie ou du beau temps. Ou alors, ils se racontent ce qu'ils ont mangé au petit déjeuner. Qu'est-ce qu'ils préfèrent, les rossignols, des graines ou des insectes ? Je vais le demander à Boulotte qui est si calée en cuisine. »

La grande Ficelle dresse devant son nez un cahier destiné à la protéger des regards indiscrets de Mlle Bigoudi, se penche vers sa voisine et chuchote :

— Dis, Boulotte, à ton avis, qu'est-ce que les oiseaux préfèrent, les graines ou les moucherons ?

Boulotte lui aurait sans doute répondu, si l'institutrice n'était descendue de l'estrade pour voir ce que Ficelle complotait derrière son cahier. La grande fille voit son rempart s'abattre subitement, tandis que Mlle Bigoudi lui demande, fort indiscrètement d'ailleurs, comment se nomme le gaz produit par l'action de l'acide sur de la craie. Ficelle n'ose pas répondre que le nom du gaz en question l'intéresse à peu près autant que sa première sucette. Elle se contente de dire « Heu... », ce qui paraît insuffisant à l'institutrice.

— Je vous ai déjà rappelée à l'ordre plusieurs fois au cours de la matinée. Tâchez d'être tout à fait attentive jusqu'à midi. Sinon !...

Et ce *sinon* sous-entend une telle perspective de lignes à copier, que Ficelle se promet de faire des efforts désespérés pour satisfaire aux exigences de Mlle Bigoudi. Elle écoute attentivement le cours de sciences naturelles pendant trois bonnes minutes, puis elle se pose un problème grave : ses cheveux seraient-ils plus jolis avec une barrette en plastique rouge ou un ruban en soie verte ? Une barrette se verrait moins qu'un ruban, mais le rouge est une si belle couleur ! À moins qu'elle ne mette un ruban rouge... mais elle n'en a pas. Alors qu'elle s'est acheté, le jour précédent, cette délicieuse barrette en plastique, dans cette petite boutique à l'enseigne de *La Tentation,*

39

juste à côté de la gare, où l'on trouve des multitudes de bagues et de broches en diamant, rubis, saphirs et topazes, pour un prix ne dépassant pas celui de trois ou quatre paquets de chewing-gums !

Ah ! il y en a de jolies choses dans cette boutique ! Des petits baromètres en forme de pagode : des Japonaises y entrent ou en sortent selon qu'il doit pleuvoir ou qu'il va faire beau..., des bracelets en véritable plaqué or..., des petits miroirs à cadre argenté..., des vaporisateurs en cristal vert..., magnifiques, ces vaporisateurs ! Après la classe, elle emmènera Françoise et Boulotte à *La Tentation* pour qu'elles puissent les admirer.

Ayant pris cette décision, Ficelle passe à un autre sujet de méditation : « Pourquoi le nez de Mlle Bigoudi remue-t-il quand elle parle ? »

Afin de trouver une réponse à ce problème passionnant, Ficelle examine l'institutrice avec l'attention d'un naturaliste observant un coléoptère. Mlle Bigoudi se trompe sur l'intérêt que semble lui manifester son élève. Elle croit que Ficelle applique à la lettre ses recommandations et suit le cours avec une attention extrême. Elle ne peut que se réjouir intérieurement de cette marque de bonne volonté.

Sur l'étude du gaz carbonique (celui qui se dégage pendant l'effervescence de la craie), s'achève le cours de la matinée. Les externes sortent de l'école pour aller déjeuner. Sitôt dehors, la grande Ficelle veut entraîner ses amies vers *La Tentation*. Boulotte proteste :

— Si nous allons voir ton bazar, nous n'aurons pas le temps de déjeuner.

— Oui, je sais bien qu'un repas est une chose importante pour toi, mais il n'y en a que pour cinq minutes. Je veux juste vous montrer les vaporisateurs en cristal vert.

Boulotte finit par accepter et les trois amies se dirigent d'un bon pas vers la boutique. En cours de route, Ficelle décrit en termes enthousiastes les différentes frivolités que *La Tentation* propose aux acheteurs. On arrive enfin devant les merveilles annoncées. Boulotte les regarde à peine, trop préoccupée par le déjeuner qui va être retardé. Quant à Françoise, elle juge que ces inestimables trésors ne sont qu'une vulgaire pacotille, semblable à celle que l'on tire de la sciure de bois, mais elle se garde bien de détromper Ficelle.

La grande fille ne peut résister à l'envie d'acheter, à défaut d'un vaporisateur trop coûteux, une petite bague ornée d'un véritable rubis en verre rouge. Elle aurait bien séjourné deux heures dans le bazar si Boulotte, inquiète « pour le vide qui lui remplissait l'estomac » (affirme-t-elle), n'avait entraîné son amie dehors.

Elles se hâtent vers le centre de la ville. Alors qu'elles longent la rue principale, presque déserte en ce milieu de journée, elles entendent derrière elles un ronflement de moteur accompagné d'un tintamarre de ferraille. Un lourd camion s'approche.

— Monte sur le trottoir ! dit Françoise à la grosse Boulotte qui se trouve sur la chaussée. Le camionneur ne semble pas maître de sa direction, car son véhicule fait des embardées, au risque d'accrocher les voitures en stationnement. Le camion dépasse les trois filles qui par prudence se sont plaquées le long d'un mur. Sur la plate-forme, des fûts métalliques vides s'entrechoquent en produisant un fracas assourdissant.

— Ça m'a l'air mal accroché, observe Ficelle.

Effectivement, les récipients ont dû être arrimés à la hâte, car les cordes qui les entourent sont relâchées.

Soudain, au moment où le véhicule passe devant une boutique de radio et télévision, une corde se dénoue complètement, laissant échapper un tonneau qui dégringole sur le côté droit, rebondit en roulant sur le trottoir et vient fracasser le carreau du magasin en pulvérisant deux ou trois téléviseurs !

Les trois amies restent un instant interdites, puis se précipitent pour avertir le conducteur qui ne paraît pas s'être rendu compte de la catastrophe qu'il vient de causer. Mais elles ont beau crier, le camion s'éloigne : le bruit du moteur et du chargement couvre leurs appels. Ou bien le chauffeur ne tient pas à s'arrêter.

— Nous aurions dû relever le numéro, dit Ficelle.

Françoise secoue la tête.

— Impossible. La plaque d'immatriculation était couverte de boue.

Elles s'approchent de la vitrine défoncée, en même temps que divers Framboisiens qui ont interrompu leur déjeuner. Le propriétaire du magasin, M. Lampion, lève les bras au ciel en évaluant les dégâts. Il se met à gémir en s'écriant qu'il est ruiné (ce qui n'est pas tout à fait vrai, car sa boutique est assurée). Il frappe du poing dans le creux de sa main et dit :

— Il faut prévenir la gendarmerie ! Elle retrouvera le propriétaire de ce camion !

— Mais, monsieur, dit Ficelle, le camion s'est enfui !

— Aucune importance, mademoiselle, le crime est signé !

— Signé ?

— Oui. Regardez.

M. Lampion désigne du doigt le fût qui s'est arrêté au milieu de la boutique après avoir fait un travail de rouleau compresseur. Sur le métal est peint en noir un dessin représentant un hibou.

— Voilà le coupable !

Françoise examine le dessin et se tourne vers le marchand :

— Que signifie ce dessin ? Qui l'a fait ?

— Ah ! je donnerais cher pour le savoir !

— Mais pourquoi un hibou ? Est-ce une marque, un emblème ?

— C'est-à-dire que... heu... Enfin, tout ceci regarde la police ! Je vais téléphoner à la gendarmerie.

Coupant court à toute discussion, il se dirige vers son bureau pour téléphoner. Boulotte tire Ficelle et Françoise par la manche.

— Venez. Le déjeuner va refroidir.

Elles s'éloignent de la boutique. Françoise est pensive.

— Curieux, ça. Le marchand a l'air d'en savoir sur cette affaire plus long qu'il ne veut bien le dire.

— Mais, demande Ficelle, pourquoi a-t-il parlé d'un crime ? Personne n'a été assassiné ?

— Non, mais il considère comme un crime le fait qu'on ait voulu démolir son magasin.

— Ah ! ce n'est pas un accident !

— Je ne crois pas. Au moment où il arrivait au niveau de la vitrine, le camionneur a fait une embardée en même temps qu'il tirait sur la corde maintenant un des fûts. Le coup était bien combiné.

— Alors, c'est ce qu'on appelle un attentat ?

— Oui.

— Et pourquoi s'est-on attaqué à ce magasin de radio ?

— Je n'en ai pas la moindre idée.

— Et le dessin de hibou, qu'est-ce que c'est ?

— Je n'en sais pas plus que toi.

Ficelle réfléchit dix secondes, puis elle conclut :

— Alors, c'est un mystère !

Ayant ainsi réglé la question, elle presse le pas, car elle commence à ressentir d'impérieux tiraillements d'estomac, tout comme Boulotte. Françoise, qui est restée en arrière pour acheter un journal local sur la place de la Mairie, rejoint ses amies.

— Si tu lis le journal en marchant dans la rue, dit Ficelle, tu vas te cogner contre un lampadaire.

— Oui, oui... dit Françoise distraitement.

— Que cherches-tu ?

— À la récréation, j'ai entendu dire qu'il s'est produit un incident, hier soir, au *Majestic*. Je me demande s'ils en parlent... Ah ! oui...

La brunette s'arrête, lit quelques lignes et pousse une exclamation de surprise.

chapitre 4
Un club de détectives

Mlle Bigoudi saisit une craie marron et trace au tableau une bosse de dromadaire pompeusement baptisée : « Coupe d'une formation montagneuse de l'ère primaire. » Le tableau est ensuite couvert d'ondulations jaunes qui prennent le nom de « plissements hercyniens », et de zébrures bleues et blanches qui sont dénommées « stratifications calcaires ».

La formation géologique des Alpes ou de l'Atlas n'intéresse Ficelle que médiocrement. Son esprit est occupé par ce qu'elle baptise déjà *Le Mystère du hibou.* Deux méfaits ont été commis à quelques heures d'intervalle dans lesquels on retrouve cette curieuse signature. L'un est le vol d'un film – ce qui a provoqué

47

l'incident du cinéma –, l'autre la destruction d'une vitrine. Un rapport existe-t-il entre ces deux événements ? Le voleur du *Majestic* est-il le conducteur du camion ?

Ficelle a soudain une idée brillante ; chose rare mais qui parfois se produit. Il y a là un problème intéressant à résoudre. Autrement intéressant que les problèmes de robinets posés par Mlle Bigoudi ! La recherche de sa solution exige un savoir-faire de détective véritable. Du flair, de l'intuition, de l'intelligence, de la ténacité et du courage, toutes qualités dont la grande fille se sent amplement pourvue. Mais elle ne peut sans doute pas mener l'enquête toute seule. Elle va demander l'aide de Boulotte et de Françoise. À elles trois, elles pourraient former une sorte de club de détectives !

Elle déplie devant son visage le paravent habituel, en l'occurrence le cahier de musique sur lequel elle copie la leçon de géologie, et chuchote à sa voisine :

— Dis donc, Boulotte, ça te plairait d'être détective amateur ? Pour enquêter sur l'affaire du hibou ?

Notre dodue cesse de dessiner des carottes

et des navets dans la marge de son cahier, suce le manche de son stylo-plume et secoue la tête affirmativement. Elle murmure :

— Ce n'est peut-être pas aussi amusant que de faire la cuisine, mais ça doit être intéressant tout de même. Et quand allons-nous faire ces enquêtes ?

— Après la classe. Et puis demain, c'est mercredi. D'accord ?

— Bon, entendu.

— Attends, je vais prévenir Françoise.

Ficelle découpe dans son cahier de musique une longue bande de papier sur laquelle elle inscrit un message surmonté de la mention *TÉLÉGRAMME* :

BOULOTTE PLUS MOI ALLONS FONDRE AGENCE DÉTECTIVES PRIVÉS POUR ÉDULCORER OBSCUR MYSTÈRE HIBOU STOP COMPTONS SUR TA HAUTE ASSISTANCE STOP SIGNÉ FICELLE.

La grande fille tapote l'épaule de Françoise qui est assise un banc en avant, et fait discrètement passer le message. Lequel revient quelques instants plus tard orné de deux corrections : « *FONDRE* » est remplacé par

« *FONDER* » et « *ÉDULCORER* » par « *ÉLUCIDER* ». Ficelle constate avec satisfaction que, sous son texte, Françoise a porté la mention « lu et approuvé ». Ainsi donc, un véritable club de détectives va pouvoir s'organiser sous sa direction, dont la première tâche sera de rechercher l'auteur du vol et de l'attentat. Françoise sera la secrétaire, Boulotte la trésorière. Ficelle se réserve la présidence. Il s'agit maintenant de trouver un nom à la nouvelle assemblée. « Club des Détectives framboisiens » ou « Framboisy Détective Club » ou « Association Internationale de Recherches criminelles et policières de Framboisy ». Non, ce dernier titre est un peu long. Il faudrait une suite de termes qui en abrégé formeraient un mot. Par exemple : POlice Très AGissante, ce qui donne en abrégé la prononciation du mot POTAGE. Un nom qui plairait à Boulotte. Mais évidemment cela ne fait pas très sérieux. Après mûre réflexion, Ficelle fixe son choix sur : Framboisy Limiers Club. L'abréviation donne le mot FLIC, qui a un petit air policier. Il ne reste plus qu'à confectionner les cartes de membres du club, en les ornant d'un emblème. Quel est l'instrument le plus employé par les détectives ? La loupe. Ficelle découpe trois rectangles dans un papier à dessin et y trace trois loupes ornées d'un œil en leur centre. Puis, en tirant la langue pour obtenir un meilleur rendement, elle écrit sur chaque carte le nom du club en lettres capitales et le nom de chaque membre, suivi de sa qualité. Elle inscrit ensuite la phrase conventionnelle destinée à donner plus de valeur au document :

« Cette carte, rigoureusement personnelle, ne peut être ni prêtée ni vendue sous peine de retrait immédiat. Toute contrefaçon exposera le coupable à d'impitoyables poursuites judiciaires. Qu'on se le dise ! »

Puis elle signe, enveloppant son nom d'un paraphe compliqué, et badigeonne son pouce d'encre avant de l'appliquer au bas du précieux carton. L'opération s'achève tandis que Mlle Bigoudi finit de tracer au tableau noir une coupe du Massif central, à grand renfort de craies multicolores. L'institutrice, tout en s'essuyant les doigts à un chiffon, se retourne vers la classe, et Ficelle a à peine le temps de dissimuler les cartes dans son casier. Néanmoins, l'œil exercé de Mlle Bigoudi a décelé quelque chose d'anormal dans le comportement de son élève. Elle quitte l'estrade et vient inspecter la table de Ficelle. C'est pour y découvrir le cahier de dessin horriblement mutilé par les découpages qui y ont été faits pour obtenir des matériaux propres à différents usages (confection de papillotes à cheveux, cocottes, petits bateaux, salières, etc.). L'institutrice pose une question embarrassante :

— Mademoiselle Ficelle, voulez-vous m'expliquer ce que vous êtes en train de faire ?

La grande fille se garde bien de révéler qu'elle vient de fonder une puissante organisation policière. Elle garde un silence que l'on pourrait qualifier de muet. Mlle Bigoudi s'empare du cahier, constate le triste état dans lequel il se trouve et dit d'un ton sévère :

— Non seulement vous ne recopiez pas le cours, mais encore vous vous amusez à découper le matériel scolaire mis à votre disposition ! Je pense que je vais vous garder en retenue ce soir...

Ficelle frémit. Si elle reste en retenue, elle ne pourra pas commencer son enquête. L'institutrice retourne à son tableau sans préciser si la punition sera effective ou non. Très inquiète, Ficelle range précipitamment le cahier de dessin et tire de son cartable celui qui est consacré aux sciences naturelles ; peine inutile d'ailleurs, le cours de géologie étant terminé. Il doit être suivi par une dictée.

La grande fille a la chance de mettre la main sur son cahier de français et, pendant une demi-heure, elle fait de gros efforts pour écrire sans trop de fautes d'orthographe un texte de Jean-Jacques Rousseau où il est question de maison blanche à volets verts.

L'institutrice tient compte de cette bonne volonté et, à la fin de l'après-midi, laisse son élève s'échapper, au grand soulagement de celle-ci. Sitôt sortie de l'école, Ficelle donne à ses amies les cartes du nouveau club en leur recommandant d'y apposer le plus tôt possible signatures et empreintes digitales. Puis elle expose le plan de campagne qu'elle a imaginé.

— Il nous faut percer le mystère de ce dessin qui représente un hibou. Ce matin, nous avons assisté à l'affaire de la vitrine ; donc nous n'avons rien de plus à apprendre de ce côté-là. Reste le *Majestic*.

— Que veux-tu que nous fassions ? demande Boulotte.

— Nous allons essayer d'entrer dans le cinéma et d'interroger le personnel. C'est une bonne idée, hein ?

Ce projet est mis tout de suite en application. Cartable sous le bras, les trois filles se dirigent vers le *Majestic*. Là, une grosse déception attend la présidente du FLIC. Les grilles sont tirées.

— Oh ! c'est fermé !

— Évidemment, dit Françoise, à cette heure-ci il n'y a pas de séance.

— Je n'y ai pas pensé...

— Un bon détective doit penser à tout.

— Oui, mais je n'ai pas encore bien l'habitude de faire de la détection.

Boulotte, fatiguée de porter son cartable, le pose à terre et demande à Ficelle :

— Alors, puisque le cinéma est fermé, qu'allons-nous faire ?

La grande fille est bien embarrassée pour répondre. Françoise lève alors un doigt, désignant une porte sur le côté du cinéma, qu'un homme en blouse blanche est occupé à ouvrir.

— C'est sans doute l'opérateur. Nous allons pouvoir l'interroger.

Ficelle se précipite vers l'homme et présente le petit groupe comme « un club de super détectives dont le but est de résoudre l'énigme du hibou ». L'opérateur – car c'est bien lui – paraît d'abord un peu surpris ; mais il se prête de bonne grâce aux questions dont le bombarde Ficelle, qui note les réponses sur un petit carnet :

— Est-il vrai que le voleur du film a laissé sa carte avec un dessin de hibou ? Nous avons lu ça dans le journal.

— Oui, c'est exact.

— Et où était-elle, cette carte ?

— Dans la cabine de projection.

— Et pour quelle raison le voleur a-t-il laissé ce signe ?

— Ma foi, je n'en sais rien.

— Avez-vous une idée de l'identité, du voleur ?

— Non, aucune.

— Savez-vous qu'il y a eu un attentat ce matin contre le magasin de radio Lampion ?

— Non, mais quel rapport y a-t-il avec le vol du film ?

Ficelle indique la présence d'un hibou sur le fût qui a défoncé la vitrine.

— Il est possible que nous ayons affaire à une série de méfaits. Vous n'avez reçu aucune menace ?

Le projectionniste réfléchit, puis fait claquer ses doigts.

— Attendez, maintenant que vous m'y faites penser, une chose me revient. Il y a quelques jours, le directeur du cinéma a reçu un coup de téléphone. Je n'ai pas bien entendu ce qu'il disait, mais il avait l'air furieux. Il a raccroché après avoir crié une phrase dans le genre : « Vos menaces, je m'en moque ! »

— Ah ! voilà qui est très important.

— Et... tenez, à propos de menaces, je crois bien que mon oncle Alfred a reçu des lettres anonymes.

— Votre oncle ?

— Oui. Il est fermier dans les environs. À cinq kilomètres au sud de Framboisy, sur la route de Fouilly. Vous pouvez y aller de ma part si vous voulez. C'est une grande ferme avec un puits au milieu de la cour.

Les trois détectives remercient l'opérateur pour cette piste intéressante et se concertent.

La présidente du club ayant proposé d'aller à la ferme sans tarder, les trois détectives se rendent chez elles pour y déposer les cartables et y prendre leurs bicyclettes. Elles se retrouvent sur la place de la Mairie. « En avant ! » commande Ficelle en prenant la tête du peloton. Elles s'engagent sur la route menant à Fouilly. La grande Ficelle regarde à droite et à gauche pour s'assurer que l'ennemi ne la guette pas.

Quel ennemi ?

Elle n'aurait pu le dire au juste, mais un détective en service doit toujours être sur ses gardes. Derrière elle, roule la bonne Boulotte qui tient d'une main le guidon et de l'autre une énorme tartine de pain beurré dans laquelle elle mord avec un entrain faisant plaisir à voir. Françoise, qui est la dernière, chante à tue-tête un refrain à la mode, *J'ai les ch'veux miteux*.

Elles parcourent ainsi les cinq kilomètres qui les séparent de la ferme, qu'elles reconnaissent sans difficulté grâce au puits dont l'opérateur leur a signalé la présence. C'est une grande bâtisse rectangulaire, aux murs blancs, recouverte de tuiles. Des poules et des canards se promènent en liberté dans la cour, sous l'œil rond d'un chat noir encore trop jeune pour savoir que ces volatiles sont comestibles.

Ficelle avise une clochette accrochée au portail de l'entrée.

— En tirant là-dessus, je suppose qu'on doit obtenir un tintement qui fera accourir les fermiers, avec une vitesse phénoménante.

Ficelle tire sur la corde et la clochette tinte, ce qui réalise la première partie de ses prévisions. Mais les fermiers ne semblent point disposés à venir. Le chat noir regarde avec étonnement les membres du FLIC pendant quelques secondes, puis son attention est sollicitée par une brindille de bois à laquelle il donne des coups de patte. Un chien jaune, relié par une chaîne à une niche de même couleur, se met à lancer des aboiements rageurs, tout en agitant la queue. De telle sorte qu'il est difficile de savoir s'il est heureux ou mécontent. Au bout de ce qui paraît être plusieurs minutes, le rideau d'une fenêtre s'agite, et un visage au regard méfiant apparaît derrière les carreaux.

— J'ai l'impression qu'on nous a vues, dit

Ficelle, peut-être que le fermier va se décider à venir voir ce que nous lui voulons.

Il s'écoule encore un bon moment, pendant lequel le chat essaie d'attraper sa queue, puis un homme apparaît, probablement le fermier, à en juger par ses sabots et son grand chapeau de paille. Il s'approche avec méfiance, braque sur les trois filles des yeux soupçonneux et leur demande ce qu'elles viennent faire par là. Ficelle se dit envoyée par le projectionniste du *Majestic* afin de tirer au clair une affaire de lettres de menace. Aussitôt le visage de l'homme s'éclaire et il ouvre sa porte en grand.

— La bienvenue à tout l'monde ! Je ne sommes point fâché que quelqu'un vienne me donner un p'tit coup de main pour me défendre contre ces aigrefins. Entrez donc... Vous dites que vous êtes... des détectives amateurs ? Hum !... vous êtes ben jeunes pour faire c'travail-là ! Enfin, je me souviens que, quand j'étais gosse, j'aimais jouer au gendarme et au voleur. Je faisais toujours le voleur. En tout cas, vous aurez peut-être ben du mal à m'débarrasser de ces vilains cocos-là !

Tout en discourant, le fermier conduit les

59

trois filles jusqu'à la ferme. Il ouvre la porte et les introduit dans une grande salle commune dont les murs ornés d'assiettes en faïence décorée attirent l'attention de Ficelle. Le fermier dit à sa femme :

— Marie, voilà des visiteuses. Elles enquêtent sur l'affaire des lettres de menace.

La fermière, dont l'aspect ne présente rien de particulier si ce n'est qu'elle porte un tablier à carreaux rouges et blancs (mais ce détail n'est sans doute pas d'une importance extrême), expose avec une grande volubilité que son époux Alfred a reçu le mois précédent une lettre lui ordonnant d'envoyer une forte somme à un notaire parisien. Cette somme représentait une cotisation grâce à laquelle le fermier se trouverait affilié à la Société Secrète des Hiboux.

Le fermier s'est bien gardé d'envoyer l'argent. Huit jours après, le facteur apportait une seconde lettre répétant l'ordre et accompagnée de menaces. La fermière ouvre le tiroir d'un grand buffet de chêne sculpté.

— Tenez, voici les lettres.

La présidente du club des détectives prend les feuilles et les tend à Françoise.

— Tu es la secrétaire, c'est à toi d'étudier la paperasse.

Françoise lit la première lettre, écrite en caractères majuscules.

NOUS, LA SOCIÉTÉ SECRÈTE DES HIBOUX, AVONS DÉCIDÉ DE VOUS HONORER EN VOUS ADMETTANT AU NOMBRE DE NOS MEMBRES. REMPLISSEZ LE MANDAT CI-JOINT, QUE VOUS FEREZ PARVENIR DANS LES VINGT-QUATRE HEURES À MAÎTRE LEFOL, NOTAIRE A PARIS, QUI NOUS TRANSMETTRA CETTE COTISATION.

La signature est constituée par le dessin d'un hibou, dans lequel Françoise reconnaît le même tracé que celui du tonneau. La seconde lettre est rédigée avec des caractères analogues :

NOUS AVONS CONSTATÉ AVEC REGRET QUE VOUS AVEZ NÉGLIGÉ DE RÉGLER VOTRE COTISATION. NOUS VOUS CONSEILLONS DE LE FAIRE SANS DÉLAI, SINON CELA VOUS COÛTERA BEAUCOUP PLUS CHER, ET CE SERA TANT PIS POUR VOUS.

Le même dessin de hibou est représenté au bas de la feuille.

La grande Ficelle prend un air sévère pour affirmer :

— Ces lettres anonymes me paraissent suspectes !

— C'est ben ce qui m'avait semblé aussi... dit le fermier.

Françoise demande :

— Avez-vous averti la gendarmerie ?

— Non, point encore. À vrai dire, j'aime autant faire ma police moi-même.

— Naturellement vous n'avez toujours pas payé la fameuse cotisation ?

— Non, mais ces bandits ont commencé à m'saboter ma ferme ! V'nez voir un peu...

Le fermier entraîne les jeunes détectives jusqu'au bout du verger et, d'un geste dramatique, désigne le prunier abattu.

— V'là le beau travail qu'ils m'ont fait cette nuit !

— Cette nuit ? dit Ficelle, n'est-ce pas l'orage qui a fait tomber cet arbre ?

— Ah ! ma petite demoiselle, ce serait ben la première fois qu'on verrait un orage scier du bois !

— Et faire du dessin, ajoute Françoise qui s'approche du tronc vertical pour examiner le hibou gravé dans l'écorce.

— Sans compter que j'ai bien failli les attraper ces oiseaux !

Il explique en quelles circonstances il a ouvert le feu sur les saboteurs.

— Malheureusement, j'les ai ratés.

Il médite une seconde et ajoute avec un sourire finaud :

— Si je les aurions point ratés, j'aurions ben vu à qui j'avions affaire...

Tandis que le fermier fait ces réflexions pleines de bon sens, Ficelle, à quatre pattes dans l'herbe, examine le dessin du hibou avec une énorme loupe. Au bout d'un moment, elle pousse une exclamation. Françoise sourit.

— Ah ! notre Sherlock Holmes a trouvé un indice. Est-ce de la cendre de cigarette ou un bouton de culotte ?

— Ni l'un, ni l'autre. Regardez !

Les détectives et le fermier se rapprochent pour voir la découverte de Ficelle. C'est un simple bout de fil de quatre ou cinq centimètres de long. Sur la moitié de sa longueur, il est bleu ; l'autre moitié est noire.

— Ce fil, déclare la grande fille, provient probablement du costume d'un des saboteurs.

— Très bien ! approuve Françoise, mais comment a-t-il poussé sur ce tronc ?

— Élémentaire ! Ces saboteurs se sont servis d'une scie pour couper l'arbre et ils ont travaillé dans l'obscurité. Rien d'étonnant à ce qu'en faisant un faux mouvement, l'un d'eux ait accroché une manche, par exemple, aux dents de la scie. Vous voyez, le bout est effiloché, comme s'il avait été arraché.

— Bravo ! Et alors ?

— Alors, comme ce fil est bleu et noir, il ne nous reste plus qu'à trouver un homme porteur d'un costume bleu et noir avec un accroc ! C'est enfantin...

Le fermier hoche la tête, peu convaincu.

— S'il faut qu'vous regardiez sur toutes les coutures les habitants de Framboisy et des environs, vous en aurez pour un bon bout d'temps !

Ficelle déclare avec emphase :

— La patience est la vertu majeure des détectives. Vous pouvez nous faire confiance, nous parviendrons à notre but !

Encouragée par sa trouvaille, elle se courbe

en deux comme un Sioux sur le sentier de la guerre et parcourt quelques dizaines de mètres en observant le sol à travers sa loupe.

— Que cherches-tu ? crie Boulotte.

— Je regarde s'il y a des traces de pas...

— Avec la pluie qui est tombée cette nuit, il ne doit pas en rester beaucoup.

— Ah ? Ah ! oui, c'est vrai...

Elle se redresse et revient vers ses amies.

— Tant pis. En tout cas, nous avons déjà le bout de fil ; c'est une piste sérieuse. Et maintenant, qu'allons-nous faire ?

Elle regarde Françoise.

Celle-ci a comme un geste d'insouciance.

— C'est toi la présidente du club. Décide.

Ficelle réfléchit profondément, puis déclare :

— Je m'en tiens à la recherche du costume bleu et noir. Je retourne à Framboisy. Et toi, Françoise ?

— Je rentre chez moi.

— Et Boulotte ?

La grosse fille manifeste son intention d'essayer une recette de cuisine qu'elle a lue dans les mémoires de Vatel : le pigeonneau en papillote à la Fouquet. Ficelle se tourne vers le fermier.

— Et vous, monsieur, qu'allez-vous faire ? Vous allez envoyer l'argent ?

— Pas du tout ! Je veux ben être transformé en serfouette si ce hibou-là reçoit le moindre sou de moi ! Je vas monter la garde cette nuit avec mon fusil, et si ce vilain oiseau revient par ici, pan ! pan ! Et soyez sûre que cette fois-ci il y laissera des plumes !

Ficelle approuve ces intentions courageuses et les trois filles, après avoir promis de revenir si elles apprenaient quelque chose de nouveau, prennent congé et remontent à bicyclette. Un quart d'heure plus tard, elles sont de retour à Framboisy. Une chose les frappe aussitôt : l'animation inhabituelle qui règne dans les rues de la petite ville.

La place de la Mairie est noire de monde. Les Framboisiens lèvent le nez vers un immeuble de la grand-rue devant lequel stationne une voiture rouge surmontée d'une échelle. Le rez-de-chaussée de l'immeuble est occupé par les locaux de la Banque Provinciale. Au premier étage se trouvent des bureaux et au second, des locaux d'habitation.

De la fumée s'élève des fenêtres du troisième étage. « Il y a le feu là-haut ! » s'écrie la foule, pendant qu'au premier rang des badauds, un groupe de gosses admire l'agilité avec laquelle les pompiers grimpent à l'échelle.

— Pourquoi ne branchent-ils pas leurs tuyaux ? demande une petite vieille.

Un gros homme explique :

— Ils n'en ont peut-être pas besoin. Regardez : ils montent des extincteurs.

Effectivement, les deux pompiers gravissent l'échelle en portant sur leur dos des bouteilles métalliques. Ils disparaissent par une fenêtre du troisième. Le gros homme ajoute :

— À mon avis, ils n'emploient pas l'eau pour ne pas abîmer le mobilier. Et je suppose que le produit qui se trouve dans leurs extincteurs est dangereux à respirer, puisqu'ils ont mis des masques.

En effet, et cela ne manque pas de faire une grosse impression sur la foule, les pompiers ont le visage protégé par des masques à gaz. Comme les curieux serrent de près leur voiture et risquent de gêner leur action, le brigadier Pivoine et le gendarme Lilas s'interposent. Un journaliste de *Framboisy-Presse* s'approche d'eux en brandissant sa carte de reporter et leur demande s'il y a beaucoup de victimes. Le brigadier lui répond que l'étage est probablement inhabité : il a l'air déçu. Cependant, nos trois détectives se mêlent à la foule. Françoise murmure à l'oreille de Ficelle :

— Toute la population de la ville est ici. Tu vas pouvoir essayer de retrouver le costume bleu et noir.

— Bonne idée ! approuve la grande fille.

Elle se met à inspecter les vêtements des Framboisiens avec le regard aigu d'un tailleur cherchant les défauts d'un costume de confection. Elle est en train de fourrer son nez sur la blouse bleue d'un paysan, quand une sonnerie stridente retentit. Le gendarme Lilas retrousse sa moustache et déclare :

— C'est la sonnerie d'alarme de la banque, indubitablement !

L'instant d'après, la tête d'un pompier apparaît à une fenêtre du premier étage. On l'entend dire à travers son masque :

— Ne vous inquiétez pas, c'est un extincteur qui a heurté un fil du dispositif d'alarme.

Le brigadier demande :

— Faut-il prévenir le directeur de la banque ?

— Inutile de le déranger, nous allons couper le courant nous-mêmes.

Quelques instants après, la sonnerie s'arrête. Ficelle, qui est fatiguée d'inspecter les habits des Framboisiens, se tourne vers Françoise en s'écriant :

— Quel dommage que Fantômette ne soit pas ici ! Elle pourrait sauver les locataires s'il y en avait. Tu te souviens des enfants qu'elle a tirés du feu ?

— Oui, mais puisque l'étage est inhabité, il n'y a personne à évacuer.

Comme elle achève ces mots, deux pompiers reparaissent au troisième étage. La foule pousse une exclamation. Ils portent une forme blanche, allongée. Ficelle s'exclame :

— Oh ! c'est un homme enveloppé dans un drap : il doit être brûlé ou asphyxié ! Il en a, de la chance, d'être dans les bras d'un pompier !

Sous les regards émus des spectateurs, les pompiers descendent l'échelle avec précaution et étendent la victime à l'intérieur de leur voiture, pendant que les gendarmes maintiennent

69

les curieux à distance. Un troisième pompier descend de l'échelle et actionne une manivelle pour la replier. Puis la voiture démarre en lançant des *pin-pon !* assourdissants. Quelques secondes plus tard, elle disparaît au bout de la rue. La foule reste en place, commentant l'événement. Le brigadier Pivoine et le gendarme Lilas font circuler les badauds.

Parmi les centaines de personnes qui ont assisté au sinistre, Françoise est la seule à remarquer un fait anormal : *les pompiers sont repartis sans remporter leurs extincteurs.*

chapitre 5
Aventures nocturnes

Fantômette jette sur ses épaules une cape de soie noire et l'agrafe avec une boucle d'or en forme de F majuscule. Elle ajuste sur son visage un masque noir et glisse à sa ceinture une dague florentine à lame effilée.

Elle se trouve à l'intérieur d'un garage aménagé en atelier, qu'éclaire une discrète lampe bleue. Dans un coin, un établi et de l'outillage. Dans un autre angle, un placard. Contre un mur est appuyée une bicyclette. Fantômette ouvre le placard, en sort un petit moteur à essence qu'elle accroche et bloque au guidon de la bicyclette au moyen de deux écrous. Puis elle éteint la lumière, ouvre la porte et enfourche son engin ainsi transformé en motocyclette. Le moteur lance une pétarade qui bientôt se change en un ronronnement régulier. La jeune aventurière s'engage sur la route de Fouilly.

La nuit est noire, mais sans nuages. Le clair de lune diffuse une douce lueur sur les champs, les haies et les bosquets. L'air frais est imprégné des senteurs végétales de la campagne.

Au bout d'un moment, une silhouette plus sombre que le ciel apparaît à l'horizon : la ferme du père Alfred. Fantômette coupe les gaz du moteur et arrête son engin qu'elle dissimule en bordure de la route, derrière une haie. Elle poursuit son chemin à pied, silencieusement. Arrivée à deux cents mètres de la ferme, elle s'immobilise et hume l'air. Une très légère brise lui frôle le visage.

« C'est parfait, murmure-t-elle, le vent est contre moi. Donc, le chien ne pourra pas me déceler. »

Elle quitte la route, saute avec légèreté la barrière de bois qui ferme le verger où le prunier a été abattu et poursuit sa progression en modérant son allure. Elle traverse le verger et parvient à proximité d'un poulailler derrière lequel elle se dissimule. Elle n'est plus qu'à une vingtaine de mètres de la ferme.

Ses yeux, aussi perçants que ceux d'un chat, se sont habitués à l'obscurité. En scrutant la masse noire de la ferme, elle aperçoit un tout petit point rouge qui apparaît à une fenêtre de l'étage. De temps en temps, cette lumière brille d'un éclat plus vif.

« Notre fermier est à son poste, en train de monter la garde, et pour passer le temps, il fume une cigarette. Ce n'est d'ailleurs pas prudent, il risque de se faire repérer. S'il ne fumait pas, je n'aurais pu l'apercevoir. »

On pourrait croire que le fermier a entendu l'avis de Fantômette, car au bout d'un instant la cigarette s'éteint. Les secondes s'écoulent, se transformant lentement en minutes puis en quarts d'heure. Rien ne bouge dans la ferme, ni alentour.

La jeune aventurière étire un bras, puis l'autre, bâille et grogne intérieurement :

« Je serais mieux dans mon lit. Si le Hibou ne vient pas, j'aurai veillé pour rien. »

Dans le lointain, un bruit de moteur trouble le silence. Une voiture qui vient de Fouilly. La lueur jaune des phares se rapproche, faisant mouvoir les ombres des bouleaux qui bordent la route. L'auto arrive au niveau de la ferme, la dépasse et s'éloigne en direction de Framboisy. Machinalement, Fantômette suit du regard les feux de position qui disparaissent lorsque le véhicule prend un tournant. Le bruit du moteur cesse.

Fantômette va pour tourner de nouveau les yeux vers la ferme, quand une idée lui traverse l'esprit : *la route que suivait la voiture qui vient de passer est rigoureusement en ligne droite*. L'auto n'a donc pu prendre de tournant ! Et si les feux ne sont plus visibles, *c'est parce qu'on les a éteints*. La conclusion est immédiate : la voiture s'est donc arrêtée.

« J'ai l'impression que nous allons avoir de la visite dans quelques minutes. »

Fantômette scrute attentivement la route. Ainsi qu'elle l'a prévu, deux silhouettes furtives ne tardent pas à apparaître, qui se glissent d'un tronc d'arbre à un autre, ou longent les haies en se courbant à moitié. Elles suivent le même chemin que celui pris par Fantômette. En silence, elles franchissent la barrière et traversent le verger. Elles paraissent porter des colis ou des seaux.

Fantômette pense alors :

« Si ces deux noctambules viennent par ici, nous allons pouvoir tenir une conférence à trois. »

Mais les deux inconnus ne vont pas jusqu'au poulailler. Ils s'arrêtent au milieu du verger.

« Ah ! ils vont encore scier des arbres fruitiers. Cela ne me paraît guère prudent... Il n'y a pas d'orage pour couvrir les bruits de la scie. »

Les deux saboteurs ont sans doute prévu le cas, car le matériel qu'ils ont apporté avec eux ne semble pas comprendre de scie. Ce sont plutôt des objets volumineux, des récipients. Les pupilles dilatées, Fantômette cherche à comprendre quelle mystérieuse besogne accomplissent les deux visiteurs du soir, qui se penchent sur ce qui a l'air d'être un seau et un arrosoir. Avec mille précautions, elle se rapproche et, s'étant cachée derrière le tronc d'un vieux pommier, elle peut constater qu'il s'agit effectivement d'un seau et d'un arrosoir.

Quelques instants plus tard, un des hommes se redresse et marche lentement entre les arbres. Fantômette perçoit un bruit d'eau :

« Mille diables : ils sont en train d'arroser le verger... Mais c'est une histoire de fous ! Pourquoi font-ils cela ? »

L'inconnu vide complètement son arrosoir, puis revient vers son complice qui est occupé à verser dans le seau le contenu d'un sac.

« Que contient ce sac ? On dirait du plâtre... »

Le mélange de poudre et d'eau qui se trouvait dans le seau est agité au moyen d'un bâton et transvasé dans l'arrosoir. La séance d'aspersion continue... Fantômette cherche longtemps une explication au bizarre manège des deux inconnus.

Et soudain, elle comprend.

Ils ont entrepris la destruction systématique du verger. Une destruction d'autant plus efficace qu'elle est silencieuse. À quoi bon scier les arbres ? Cela fait du bruit, et c'est fatigant. Tandis qu'avec ce nouveau système...

La poudre blanche est un produit toxique, du chlorate de soude probablement, que l'on utilise comme désherbant, mais qui fait aussi bien crever les beaux arbres fruitiers ! Dans trois ou quatre jours, les pruniers, les pêchers, les abricotiers empoisonnés commenceront à perdre leurs fleurs et leurs fruits ; leurs racines pourriront... et le verger du père Alfred ne sera bientôt plus qu'un désert.

« Il s'agit de mettre bon ordre à tout cela », se dit Fantômette. Elle décroche de sa ceinture une lampe torche dont la lentille est entourée d'un anneau de caoutchouc qui la protège des chocs. Elle l'allume et en même temps la projette de toutes ses forces, comme une grenade, en direction des deux hommes. La lampe tournoie en traçant dans la nuit une trajectoire sinueuse et retombe dans l'herbe, aux pieds des arroseurs, en restant allumée.

Fantômette perçoit une exclamation de surprise et le bruit métallique de l'arrosoir qu'on laisse choir. Immédiatement après, un éclair orangé illumine le verger, accompagné d'une forte détonation. Un claquement sec se produit contre le tronc du pommier, à dix centimètres au-dessus de la tête de Fantômette. Elle se retourne : à quelques pas derrière elle, le fermier Alfred lui tire dessus ! Elle bondit vers lui aussi vite qu'un guépard, relève le canon du fusil comme le second coup part et fait un croc-en-jambe au fermier qui s'étale sur le dos en lâchant son arme, que Fantômette attrape au vol et envoie voltiger à vingt pas ! Puis sans plus s'occuper du cultivateur qui se demande ce qui vient de lui arriver, elle s'élance à la poursuite des deux saboteurs qui s'enfuient à toutes jambes à travers le verger. Ils sautent la barrière comme des chevaux à Longchamp et galopent sur la route en direction de leur voiture. Fantômette ramasse la lampe, saute également la barrière et engage une course au sprint avec les deux fuyards.

« Tonnerre ! Ils ont trop d'avance... ils vont arriver à leur auto avant moi ! Une seule chance de les rattraper : mon vélomoteur. »

Elle court jusqu'à l'endroit où elle a dissimulé son engin, l'enfourche et donne deux ou trois tours de pédale. Le moteur tousse, crache, hoquette sans démarrer ; l'humidité froide de la nuit l'a paralysé.

« Malheur ! Si ce satané machin ne veut pas partir, mes bonshommes vont s'échapper ! Ah, enfin !... »

Le moteur vient de se mettre à ronfler, Fantômette pousse un soupir de soulagement et ouvre les gaz en grand. Elle entend un claquement de portière qui se referme et aperçoit les feux rouges de l'auto. Elle n'est plus qu'à cent mètres du véhicule, quand le bruit du démarreur lui parvient. L'auto se met en route avec un horrible raclement d'engrenages. Elle passe en seconde au moment où Fantômette parvient à sa hauteur.

« Impossible de les arrêter, pense-t-elle, mais au moins je veux voir la figure de ces individus. »

Elle a à peine le temps de diriger sa lampe vers le visage du conducteur qui écrase l'accélérateur... Mais ce court instant suffit à Fantômette pour voir que l'homme a la tête dissimulée par une cagoule noire.

Les malfaiteurs vidèrent le coffre de son contenu – des billets de banque – qu'ils enveloppèrent dans un drap auquel ils donnèrent l'aspect d'une forme humaine. La prétendue victime de l'incendie fut descendue par l'échelle et enfournée dans la voiture. Il ne resta plus aux pompiers d'opérette qu'à prendre le large ; ce qu'ils firent, sous la protection de la gendarmerie.

On reste confondu devant l'ingéniosité et l'infernal toupet des bandits modernes ! Espérons que le commissaire Maigrelet, qui vient d'arriver spécialement de Paris, mettra rapidement la main sur cette bande de malfaiteurs. Le commissaire, qui a déjà montré son intuition dans des affaires célèbres (le vol de l'Obélisque de la Concorde, retrouvé dans la forêt de Rambouillet, la substitution de la Joconde, remplacée par un Picasso, etc.), disposera d'un précieux indice : à l'intérieur du coffre-fort, les voleurs ont laissé une carte de visite sur laquelle est dessiné un hibou.

Ficelle dépose le journal sur le gazon, prend un verre d'orangeade sur la petite table du jardin, y plonge une paille et aspire le liquide en regardant passer les nuages.

— Alors, lui demande Françoise, as-tu une opinion sur cette affaire ? En tant que présidente du FLIC, tu dois nous donner des directives.

La grande Ficelle cesse de pomper et avoue d'un air penaud :

— Heu !... je ne sais pas par où commencer. Le diable me transforme en nénuphar aquatique si je sais ce qu'il faut faire ! Peut-être que Boulotte a une idée ?

Les trois filles sont assises sur des chaises en rotin, dans le jardin de Boulotte, où elles viennent de prendre le petit déjeuner. Si du moins Françoise et Ficelle ont terminé, la grande gourmande, elle, continue d'engloutir des tartines de beurre qu'elle plonge dans un bol de café au lait qui a à peu près les dimensions d'une petite soupière.

Sans interrompre son exercice nutritif, notre Boulotte hoche la tête en faisant signe qu'elle n'a aucune espèce d'opinion concernant le hold-up.

Ficelle grogne :

— Si je t'avais demandé ton avis sur la fri-

tic. À lui aussi, la bande a demandé de verser une cotisation et il a sans doute refusé. Mais maintenant, ils ne se contentent plus de faire ce que les Américains appellent du racket. Ils cambriolent les banques, et cela m'étonnerait beaucoup qu'ils s'en tiennent là. Plus ils volent d'argent, plus il leur en faut.

Ficelle repose son verre et tape la table du poing légèrement, pour ne pas se faire mal. Elle déclare avec énergie :

— Nous devons mettre fin aux activités néfarses des Hiboux !

— Néfastes.

— Quoi ?

— Aux activités néfastes.

— Si tu veux. Enfin, nous devons les arrêter.

— Bah ! Le commissaire Maigrelet va s'en charger.

— Peuh ! Crois-tu que nous ne puissions pas faire aussi bien que lui ? Ce n'est pas parce qu'il fume une grosse pipe qu'il a plus de flair que nous... Tiens, il y a quelqu'un en qui j'aurais beaucoup plus confiance, c'est Fantômette. Dommage que nous ne sachions pas où elle habite, nous aurions pu lui parler cassée de veau à la turque, tu aurais sûrement eu une idée. Et toi, Françoise ?

La brunette entortille autour d'un doigt une boucle de ses cheveux noirs.

— Moi ? Ma foi, je pense que nous avons affaire à toute une bande de pirates en terre ferme, les Hiboux, qui ont décidé de mettre à sac la région.

— **Tu crois ?**

— Cela me paraît assez évident. Ils ont commencé par pressurer les fermiers ou les commerçants en les obligeant à leur verser une forte cotisation. Ceux qui refusent ont aussitôt des ennuis. On met le feu à leur ferme, on brise la vitrine du magasin ou l'on y crée du scandale.

— Comment ça ?

— Oui. J'ai entendu dire que le charcutier Rillette a perdu la moitié de sa clientèle parce qu'on a fait courir le bruit qu'il mettait du cheval dans son pâté.

— Et c'est la même bande qui a volé le film d'*Ivanhoé contre Robin des Bois* ?

— Oui, ce sont eux.

— Et pourquoi ?

— Pour faire du tort au directeur du *Majes-*

de cette affaire de Hiboux. Je suis sûre qu'elle aurait déjà capturé la bande. D'ailleurs, puisqu'elle semble habiter la région, c'est bien étonnant qu'elle ne se soit pas déjà occupée de ces bandits.

— Qui sait ? Peut-être que justement elle s'en occupe.

— Ah ! c'est ton opinion ?

— Pourquoi pas ? Elle doit être au courant de ce qui se passe en ville.

— Oui, bien sûr... mais... Oh ! il me vient une drôle d'idée !

— Je t'écoute.

— Si c'était Fantômette le chef des Hiboux ?

— Ah ! en effet, c'est une drôle d'idée ! Mais il m'a semblé qu'elle est plutôt du côté des honnêtes gens.

— Mais si elle avait changé d'avis ?

— C'est bon pour toi, de changer d'avis toutes les cinq minutes !

— Oh !

Ficelle se renfrogne, mais comme effectivement elle a les idées aussi fixes que celles d'un chat de trois mois, elle pense soudain à autre chose.

— Dites donc, puisque nous avons toute la journée libre, nous pourrions faire une petite excursion.

— Avec un pique-nique ? demande Boulotte.

— Mais oui.

— Chic ! ça va être amusant ! On va emporter des œufs durs, du fromage, du beurre, des olives, des pommes, du raisin, du jambon...

— Tu vas l'acheter chez Rillette ? dit Ficelle.

— Oui, pourquoi ?

— Alors, ce sera du jambon de cheval, ha ! ha !

Mais Boulotte méprise cette supposition. Elle demande :

— De quel côté allons-nous aller ? Vers Fouilly ?

— Non, dit Françoise, c'est un endroit plat, sans intérêt. Allons plutôt au nord de Framboisy, dans les bois.

— Ah ! bonne idée, s'écrie Ficelle, on pourra grimper aux arbres ou écouter le chant du rossignol. Et puis je vais emporter un ballon, un anneau, des raquettes, une corde à sauter, mon jeu de fléchettes, le filet à papillons...

— Tout cela ne va guère faire avancer l'enquête, observe Françoise.

— Oh ! mais je vais emporter ma loupe pour détecter des indices. Et toi, tu emportes quelque chose ?

— Oui, mon appareil photo.

— Pour quoi faire ?

— Pour photographier les indices que tu vas découvrir avec ta loupe.

— Il reste un œuf dur ; qui le veut ? demande Ficelle.

— Moi, dit Boulotte.

— Mais tu en as déjà mangé trois !

— Ça ne fait rien, donne-le-moi tout de même. C'est bon, les œufs. Et puis ça fait maigrir.

Les trois filles se sont installées dans une clairière, au milieu des bois. Le soleil a eu la bonne idée de montrer sa figure ronde et vermeille, que l'on peut apercevoir à travers les feuillages des arbres. Des oiseaux de toutes espèces, que Ficelle baptise invariablement rossignols, gazouillent dans les branches.

Assise sur une pierre, Boulotte dévore le contenu d'un panier. Ficelle pèle une pêche en faisant dégouliner le jus sur ses doigts. Françoise s'est allongée dans l'herbe et contemple les frondaisons en mâchonnant la tige d'une pâquerette.

Tout en poursuivant ses tentatives d'épluchage, Ficelle expose une idée qui vient de jaillir dans son cerveau.

— Je pense à une chose. Le Hibou a ordonné au fermier Alfred d'envoyer sa cotisation chez maître Lefol. Donc, celui-ci connaît certainement l'identité des bandits. Et nous pourrions la lui demander ?

— Tu oublies, dit Françoise, qu'il est lié par le secret professionnel. Il ne doit pas raconter à n'importe qui les affaires de ses clients. D'autre part, rien ne prouve qu'il soit au courant des activités du Hibou. On lui fait parvenir de l'argent, mais il ignore peut-être que cet argent a été obtenu sous la menace.

— Alors, le plus simple est que nous mettions la main sur le Hibou.

— Bien sûr. Et je ne doute pas que, grâce à ton flair proverbial, nous n'y parvenions dans les délais les plus brefs.

La grande Ficelle ne perçoit pas toute l'ironie contenue dans les paroles de Françoise. Elle conclut simplement que son amie a le jugement très sûr.

Le déjeuner est suivi d'une petite sieste, puis les trois filles s'adonnent aux joies de la promenade en forêt. Françoise cueille des petites fleurs ; Boulotte rafraîchit son visage en agitant un éventail formé d'une grande feuille de « rhubarbe à lapins ». Quant à Ficelle, elle lève les yeux pour tâcher d'apercevoir des rossignols.

— Si j'essayais de monter à un arbre, je pourrais peut-être en attraper un ?

— Bonne idée, approuve Françoise, Tu ne risques guère que de te casser deux ou trois jambes.

— Tu crois ? Bah ! je verrai bien...

Elle choisit un arbre assez mince en haut duquel siffle un rossignol qui ressemble à un merle.

Elle agrippe le tronc, s'accroche aux aspérités, crie « Ho, hisse ! » pour s'aider, et parvient tant bien que mal à la première branche. Ensuite, c'est plus facile. Elle grimpe sur la deuxième, la troisième, et ainsi de suite jusqu'à l'endroit où est l'oiseau.

Où *était*. Car le gracieux volatile, se rendant compte qu'une intruse s'intéressait un peu trop à lui, vient de prendre son envol. Ficelle en est tout étonnée.

— Pourtant je ne voulais pas le manger... Je l'aurais simplement emporté à la maison. Il m'aurait servi de réveille-matin... C'est bête, ça !... Enfin, je n'ai plus qu'à redescendre...

Elle va pour le faire, lorsqu'en regardant aux alentours pour voir si un autre oiseau ne s'est pas perché sur un arbre voisin, elle découvre à quelque distance un objet rouge. Un objet qui paraît se trouver au milieu d'un chemin forestier.

— Quel est donc ce machin rouge ? Sapristi ! Mais on dirait... Pas possible !... Ce serait magnifique... Descendons en vitesse !

Elle dégringole de l'arbre avec une telle précipitation que ses amies croient qu'elle a perdu l'équilibre.

Françoise demande :

— Que t'arrive-t-il ? Tu es bien pressée de revenir à terre ! Pourtant l'air des altitudes est très sain...

— Ah ! il s'agit bien d'air ! Vous ne savez pas ce que je viens d'apercevoir ?

— Non. Un nid de pie ?

— Pas du tout ! Venez avec moi, c'est urgent !

Intriguées, Françoise et Boulotte suivent la grande Ficelle qui s'éloigne au pas de gymnastique.

— Pas si vite ! s'écrie Boulotte, je suis en pleine digestion !

Mais Ficelle ne l'écoute pas. Arrivée sur le chemin forestier, elle s'arrête, se plante et tend le bras en lançant une exclamation de triomphe :

— Regardez ce que j'ai découvert de mon perchoir !

Une camionnette rouge, surmontée d'une échelle, stationne au milieu du chemin.

— La voiture des pompiers ! Ou plutôt des escrocs. Tout à l'heure on parlait de mon flair... Eh bien, avouez que j'en ai, du flair !

Françoise émet un petit sifflement qui indique qu'elle s'intéresse vivement à la trouvaille de son amie.

— Décidément, ma chère Ficelle, tu as l'étoffe d'un bon détective. D'abord le bout de fil bleu et noir ; maintenant cette pièce à conviction.

— Et elle est de taille !

— En effet.

Les trois filles s'approchent du véhicule et commencent à le regarder sur toutes les coutures. C'est une camionnette à cabine avancée, en tôle ondulée, sur laquelle on a boulonné une échelle coulissante qu'une manivelle permet de redresser. Françoise examine le mécanisme de très près, palpe les boulons et la manivelle. Puis elle flaire la surface de la tôle.

— Cette peinture est récente. On l'a passée au pistolet.

Elle jette un rapide coup d'œil à l'intérieur du véhicule, ressort et va s'asseoir au pied d'un arbre. Au contraire, Ficelle et Boulotte visitent la camionnette minutieusement, dans l'espoir de découvrir de nouveaux indices. Mais elle a été soigneusement vidée. Ficelle soupire :

— Pas le moindre mégot ! Pas le plus petit bouton de col !

Elle se met à genoux, se courbe en avant, le nez à dix centimètres du plancher dont elle explore chaque centimètre carré avec sa loupe.

Elle scrute les parois, les sièges, le volant, le vide-poches.

— Rien ! C'est rageant !

Elle sort de la camionnette et constate que Françoise se désintéresse totalement des recherches, se contentant d'observer d'un œil indifférent le remue-ménage de ses amies.

La grande fille s'indigne :

— Comment, nous faisons tout le travail et tu restes là, à mordiller des brins d'herbe ! Tu pourrais nous donner un coup de main !

La brunette sourit.

— C'est inutile, puisque tu es très qualifiée pour ce genre d'enquête. Je suis certaine que tu n'as pas besoin de moi.

— Mais si ! Je n'arrive pas à trouver d'indices !

— Tu as tout vu en détail ?

— Oui, tout !

— C'est certain ?

— C'est absolument sûr ! Comme deux fois deux font vingt-deux !

Françoise hoche la tête.

— Tu n'as pas regardé les pédales.

Ficelle pousse une exclamation et fait précipitamment demi-tour. Elle monte dans la camionnette, se penche vers les pédales et s'écrie :

— Ça y est, ça y est ! C'est plein d'indices !

Elle ressort en pointant un index en avant.

— Regardez !

Au bout de son doigt, il y a un peu de terre glaise verdâtre.

— Bravo ! dit Françoise, voilà enfin une découverte.

— Tu crois ? demande Ficelle avec ravissement.

— Oui, c'est la première indication vraiment sérieuse.

Boulotte ouvre des yeux ronds.

— Je ne vois qu'un bout de terre glaise...

— C'en est, dit Françoise. C'est même une variété que l'on appelle marne à gypse ou marne verte.

— Je ne vois pas en quoi cela peut nous servir ?

— Oh ! si. Le seul endroit où l'on trouve de la marne verte à la surface du sol, c'est au bord de l'Ondine, à deux kilomètres en amont de la ville, près du vieux moulin à eau.

— Alors ?

— Alors, cela nous prouve que les faux pompiers ont marché à cet endroit-là. Rappelez-vous l'orage qui s'est produit il y a deux nuits. Le sol a été détrempé et la terre glaise doit former une jolie bouillie. En revenant du hold-up, les Hiboux ont piétiné dans cette glaise, et celui qui conduisait la camionnette a essuyé ses semelles sur les pédales.

— Alors les gangsters se sont arrêtés près du vieux moulin ?

— Évidemment. Ensuite, l'un d'eux est venu abandonner le véhicule dans ce bois.

— Mais qu'ont-ils donc fait près du moulin ?

Françoise a un geste vague :

— Je ne le sais pas au juste, mais on peut supposer qu'ils y ont partagé le butin.

Ficelle se gratte le nez, signe de réflexion profonde.

— Et si nous allions jeter un coup d'œil à cet endroit-là ?

— J'allais vous le proposer.

Enthousiasmée par la découverte de cette nouvelle piste, Ficelle se met en route à toute allure, distançant rapidement Boulotte qui s'essouffle et Françoise qui flâne nonchalamment. Un quart d'heure plus tard, la grande fille arrive au bord de l'Ondine, paisible rivière qui arrose Framboisy. Elle longe la berge en remontant le cours d'eau jusqu'à l'endroit où est installé un antique moulin dont la roue en bois tourne lentement en barbotant dans l'eau.

C'est dans ce moulin que l'on écrasait jadis les grains de blé pour en extraire la farine. Mais les minoteries modernes ont réduit le moulin à n'être plus qu'une attraction pour les pêcheurs du dimanche. C'est une bâtisse carrée, de pierres grises, recouverte d'un toit quelque peu transformé en passoire. Pour y accéder, il faut traverser une étendue de terre verte qui s'étale sur une dizaine de mètres : la fameuse marne qui a adhéré aux semelles des bandits.

Ficelle n'ose pas s'avancer à travers la glaise. Elle reste au bord, attendant l'arrivée de ses amies. Françoise et Boulotte la trouvent accroupie, examinant à la loupe des traces de pneus.

— Venez voir ! J'ai encore trouvé des indices : l'empreinte des roues de la camionnette.

— C'est parfait, dit Françoise, voilà qui confirme nos déductions. Sauf erreur, c'est dans ce moulin que se réunissent les Hiboux.

— J'ai bien envie d'aller jeter un coup d'œil à l'intérieur. Seulement, je ne veux pas patauger dans cette bouillasse ! Comment faire ? Ah ! si j'avais des ailes comme les rossignols, j'irais en volant.

— À défaut de voie terrestre ou aérienne, nous pouvons prendre la voie marine.

— Comment ça ?

— Sur l'Ondine. Il doit y avoir une ouverture dans la façade du moulin qui donne sur la rivière, du côté où se trouve la roue. En venant ici, j'ai remarqué une barque près d'un bouquet de roseaux.

— Ah ! très bien ! Et il y a des rames ?

— Non, mais je pense qu'avec des perches...

— C'est une idée éblouissonnante !

Les trois filles redescendent le long de la berge jusqu'à l'emplacement où est amarrée une barque qui doit appartenir à quelque pêcheur. Boulotte s'inquiète :

— Et si le propriétaire vient par ici ?

— Nous n'en aurons pas pour longtemps, dit Françoise. Nous ne ferons qu'aller et venir.

Françoise choisit trois roseaux longs et de gros diamètre qu'elle taille avec son canif dont la lame est particulièrement bien aiguisée. Elle s'assure que ces perches improvisées sont suffisamment longues pour atteindre le fond de la rivière d'ailleurs peu profonde sur les bords, puis elle embarque. Boulotte suit le mouvement en manquant de faire chavirer la barque sous son poids. Ficelle, qui est moitié sur le talus, moitié sur le bateau, manque de piquer une tête dans l'Ondine. Elle se cramponne à Françoise en plongeant une jambe dans l'eau.

— Ouin ! J'ai mon pied mouillé ! Je vais m'enrhumer !

— C'est quel pied ? demande Françoise.

— Le droit.

— Alors, tu ne risques rien ! On ne s'enrhume que du pied gauche.

— Tu crois ?

— Évidemment. C'est bien connu.

Rassurée, la grande Ficelle ne s'occupe plus du pied mouillé et s'applique à manœuvrer la perche de son mieux. Après quelques tentatives infructueuses qui se soldent par un accroc à la robe de Boulotte, elle parvient à la manier d'une façon à peu près inoffensive, sinon efficace. Tant bien que mal, la barque remonte le courant en direction du moulin. Les filles peuvent alors distinguer, à côté de la roue, une fenêtre qui s'ouvre sur l'Ondine.

— Ah ! dit Ficelle, Françoise avait raison : il y a une ouverture dans cette façade. Nous allons peut-être pouvoir passer par là. Encore un petit effort.

La barque se rapproche lentement du moulin. Il s'agit de ne pas se heurter contre les aubes de la roue. Les derniers mètres sont parcourus avec prudence. L'embarcation vient se ranger contre la pierre du bâtiment, juste sous la fenêtre et à deux mètres environ des palettes qui montent et descendent en clapotant. Ficelle se met debout et s'accroche au rebord de l'ouverture qui est au niveau de son nez. Elle se dresse sur la pointe des pieds et tente de regarder à travers des carreaux poussiéreux. Mais cette poussière doit être particulièrement épaisse, car elle ne peut rien distinguer de ce qu'il y a à l'intérieur du bâtiment. Françoise lève les yeux. Tout en haut de la fenêtre se trouve une petite imposte fermée par un grillage. En se mettant debout sur l'appui, il doit être possible de glisser un regard à travers le grillage.

— Je vais grimper ! décide Ficelle.

Aidée par Françoise, elle fait un rétablissement assez acrobatique qui l'amène sur le rebord de pierre où elle se retrouve à quatre pattes. Il ne lui reste plus qu'à se mettre debout. Elle se relève en s'appuyant contre la fenêtre.

Il se produit alors un fait totalement imprévu : la fenêtre s'ouvre soudain. La grande fille plonge dans l'intérieur de la bâtisse en poussant un cri de terreur. À peine a-t-elle disparu que Françoise bondit sur le rebord de la fenêtre et saute à son tour dans le moulin. Assise sur le plancher, Ficelle compte ses côtes et se tâte bras et jambes pour vérifier que tout est en place. Elle grogne :

— Mais que s'est-il passé ?

— La fenêtre s'est ouverte, tout simplement. Les battants n'étaient que poussés.

— Eh bien, le propriétaire aurait pu prévenir !

— Tu ne t'es rien cassé ?

— Non, ça ira. Boulotte vient-elle ?

— Il faut qu'elle reste dans la barque pour la maintenir, sans quoi le courant l'emporterait.

Tout en disant ces mots, Françoise regarde autour d'elle. L'intérieur du moulin ne forme qu'une seule pièce, aux murs de pierre nus. Les poutres qui soutiennent le toit semblent être le lieu de séjour idéal d'une charmante collection d'araignées qui s'accommodent fort bien des odeurs de moisissure qui flottent dans l'air. Mais ce qui attire l'attention, ce ne sont pas les araignées, c'est un spectacle inattendu dans ce moulin abandonné depuis près d'un siècle : celui de la meule *qui tourne*.

Lentement, comme un rouleau compresseur, un gros cylindre en grès se meut en rond sur un socle de pierre avec un crissement doux. Il reçoit l'énergie de la roue à palettes par l'intermédiaire d'un engrenage.

— Bizarre, murmure Françoise, ces pièces mécaniques devraient être rouillées depuis des années. Or le métal est brillant, les roues dentées sont bien huilées... Cet engin est en parfait état de fonctionnement. Mais il ne moud que du vide !

— Et tout ça, demande Ficelle, à quoi ça peut bien servir ?

Dans la partie de la pièce qui n'est pas occupée par la meule, où l'on devait jadis entasser les sacs de farine, trois bancs de bois sont alignés devant une estrade surmontée d'une table.

— On dirait une salle de classe, remarque Ficelle.

— Ou tout simplement une salle de réunion, dit Françoise. Voici une nouvelle confirmation de nos théories. C'est bien ici que se réunissent les Hiboux.

— Alors, je vais pouvoir chercher des indices.

Ficelle recommence la séance qu'elle a faite dans la camionnette, furetant, se levant, se baissant, examinant à la loupe chaque banc, chaque lame de plancher. Au bout d'un long moment elle se relève, l'air déçu.

— Rien. Pas de nouvelle pièce à conviction.

— Dommage. Enfin, nous savons que les Hiboux viennent ici. C'est déjà beaucoup.

— C'est vrai, approuve Ficelle. Voilà tout de même un beau résultat. Le FLIC est décidément un club de grands détectives ! Nous sommes encore plus habiles que la fameuse Fantômette ! Ah ! si elle pouvait nous voir, elle crèverait de jalousie !

— Sûrement !

— Crois-tu qu'elle s'occupe des Hiboux ?

— Ce n'est pas impossible.

— Dans ce cas, nous serions trois concurrents sur cette affaire. Elle, le commissaire Maigrelet et notre club. Mais nous serons certainement les premières à capturer les bandits. Nos invectigations sont bien avancées !

— Investigations.

— Ah ! c'est comme ça qu'on dit ? Eh bien, nous avons de l'avance. Il ne nous reste plus qu'à connaître le moment où se réunissent les Hiboux et à les capturer...

— Mais, dit Boulotte qui parle à travers la fenêtre, comment saurons-nous si les bandits vont revenir ici ? Nous ne pouvons pas les attendre indéfiniment.

— Évidemment. À ton avis, Françoise, quand vont-ils venir, ces vilains oiseaux ?

La brunette tapote distraitement le dessus du bureau.

— Quand ?

105

— Oui.

Elle réfléchit pendant quelques instants, puis répond nettement :

— Cette nuit.

— Vraiment ? Et pourquoi ?

— Parce que les Hiboux sont en pleine activité. Au début, ils se contentaient des cotisations, mais c'est devenu insuffisant. Leur chef a sans doute donné l'ordre d'organiser une série d'opérations de grande envergure, dont la plus spectaculaire est le cambriolage de la banque. Donc, ils doivent nécessairement se réunir pour combiner de nouveaux plans, faire leurs comptes, donner ou recevoir des ordres, préparer d'autres cambriolages. Tout ce travail doit exiger des réunions fréquentes, et comme nous pouvons constater que le jour ils ne sont pas ici, c'est qu'ils y viennent la nuit. C'est évident, c'est mathématique.

— Alors, si nous surveillons le moulin cette nuit, nous aurons des chances de les voir ?

— Probablement.

Ficelle se frotte les mains de jubilation :

— Alors, nous allons revenir ici cette nuit ! Tu es d'accord, Boulotte ?

— Heu... oui...

— Bon, très bien ! Nous allons contempler ces bandits en chair et en os. Ce sera très dangereux... J'en tremble déjà de peur !... C'est merveilleux !

Sur cette agréable perspective, les filles remontent dans la barque et rentrent à Framboisy.

chapitre 7

Les Hiboux

La nuit est noire, mais le mince croissant blanc d'un premier quartier de lune, joint à quelques étoiles bien astiquées, suffit à dessiner les contours de la barque.

— Laissons les vélos ici, dit Françoise, et embarquons.

Après le repas du soir, les trois filles sont montées à bicyclette pour revenir en amont de l'Ondine, jusqu'aux roseaux où elles ont laissé le bateau après leur visite au moulin. Françoise allume une lampe électrique pour faciliter l'embarquement de ses amies. Dès que l'opération est terminée, elle éteint. Les membres du Framboisy Limiers Club prennent en main les perches de bambou et commencent leur navigation nocturne, dans un silence complet. Neuf heures sonnent dans le lointain, au clocher de Framboisy. Exceptionnellement, la bavarde Ficelle se tait, impressionnée par la perspective de se trouver en présence des bandits qui mettent à sac la région. Elle lance des regards furtifs à Boulotte qui mastique des caramels mous et à Françoise qui observe avec attention les rives de l'Ondine. La barque glisse régulièrement, sans à-coups, les trois navigatrices commençant déjà à manier les perches avec l'aisance des gondoliers vénitiens. Bientôt, le glouglou de la roue à aubes se fait entendre, puis on peut apercevoir la masse grisâtre du moulin. Au milieu de cette masse, la fenêtre forme un rectangle jaunâtre. Un sourire se dessine sur les lèvres de Françoise. Elle murmure :

— Les Hiboux sont au rendez-vous.

Ficelle cesse un instant de propulser la barque. Elle regarde également la fenêtre.

— Heu !... il faudrait peut-être mieux faire demi-tour ? dit-elle à voix basse.

— Comment, demande Françoise, tu as peur ?

— Non, ce n'est pas que j'aie peur, mais je ne suis pas très rassurée...

— Imagine-toi que tu es Fantômette, ça te donnera du courage.

La barque s'approche du moulin et, comme la première fois, vient se placer juste sous la fenêtre dont la croisée est entrouverte. Les trois jeunes détectives se mettent debout, s'accrochent à l'appui et glissent leur regard vers l'intérieur du moulin. Alors, elles peuvent voir un étonnant spectacle.

Aux murs de la pièce sont fixés des flambeaux de résine qui projettent des lueurs dansantes et fumeuses sur une étrange assistance. Les trois bancs sont occupés par une douzaine de personnages entièrement revêtus d'une longue robe noire et dont la tête disparaît sous de hautes cagoules pointues. Ils ressemblent à ces pénitents religieux qui vont en procession, un cierge à la main. Chacun des bandits porte sur la poitrine le dessin d'un hibou blanc, au centre duquel est inscrit un numéro. Ils sont immobiles, silencieux. Sur l'estrade, de part et d'autre de la table, deux autres cagoulards se tiennent debout. Ils portent les numéros 2 et 3. Derrière la table est assis celui qui doit être le chef de l'étrange confrérie, marqué du numéro 1.

Au pied de l'estrade, un homme occupe une chaise à laquelle il est attaché par des courroies. Le bas de son visage disparaît sous un bâillon en pointe.

Ficelle étouffe une exclamation et pousse Françoise du coude.

— C'est le fermier Alfred !

— Chut !

Mais ce qui donne à cette assemblée de fantômes un caractère tragique, ce qui fait frémir les trois filles, c'est la meule qui tourne inlassablement sur le socle de pierre barbouillé *d'un liquide rouge.*

— Mon Dieu ! souffle Ficelle, *qu'ont-ils écrasé sous la meule* ?

Le Hibou n° 2 examine l'assistance en s'assurant qu'on va l'écouter avec attention, puis il prononce ces paroles :

— Chers confrères, nous sommes réunis ce soir pour accomplir différentes tâches dont nous verrons le détail dans un moment. Pour l'instant, un travail urgent nous attend.

Il descend de l'estrade et vient se placer à côté du père Alfred.

— Vous avez devant vous, mes chers confrères, un cultivateur de la région. Un de ces gros fermiers qui se plaignent toujours de la sécheresse qui brûle leurs blés ou de l'eau qui noie leurs vignes, qui pleurent quand la récolte est mauvaise et gémissent quand elle est trop abondante. Mais qui entassent chaque année un nombre respectable de billets de mille...

Il marque une pause. Le silence n'est plus troublé que par le clapotis de l'eau contre les palettes de la roue, et le sinistre cheminement de la meule sur la pierre tachée de rouge. Le Hibou n° 2 reprend :

— Pour témoigner à cet homme l'intérêt que nous lui portons, nous avons décidé de le faire entrer dans notre confrérie, moyennant une modeste cotisation. Il a refusé.

Un murmure désapprobateur parcourt l'assistance.

— Il a refusé en négligeant de verser la modique somme que nous lui demandions. Nous lui avons envoyé un premier avertissement dont il n'a pas tenu compte. Pour lui donner une leçon, nous avons scié un de ses arbres fruitiers. Mais cela n'a pas suffi et nous avons été contraints de détruire son verger. Or il paraît que notre homme est entêté, puisqu'il n'a toujours pas réglé sa cotisation.

Les filles regardent de tous leurs yeux, écoutent de toutes leurs oreilles. Et c'est une chose bizarre que ces mots qui sortent d'une cagoule sans qu'on puisse voir quelles lèvres les prononcent.

— Nous avions fixé la cotisation à un montant raisonnable, mais comme cet homme, par sa mauvaise volonté, nous porte préjudice, nous allons tripler la somme.

Le N° 2 se penche vers le fermier et dit :

— Vous avez entendu, cher monsieur Alfred ? Nous allons vous détacher et vous allez nous signer un chèque immédiatement.

Le captif secoue énergiquement la tête.

— Non ? Vous ne voulez pas ?

Le fermier continue de protester silencieusement avec la tête, son bâillon l'empêchant de prononcer la moindre parole.

Le N° 2 lève les bras à demi et déclare d'une voix triste :

— Je suis désolé. Votre stupide obstination va nous contraindre à vous appliquer le traitement qu'a subi cette nuit un autre cultivateur qui, comme vous, avait refusé de payer sa quote-part.

Et d'un geste large, le Hibou désigne la sinistre meule. Le fermier regarde dans la direction qu'indique le bandit. Ses yeux s'arrondissent d'épouvante.

— Oh ! ça devient sérieux ! murmure Ficelle.

Le malfaiteur se tourne vers le N° 1 et demande :

— Grand Hibou, appliquons-nous à cet homme *l'opération de la meule* ?

Le N° 1, sans prononcer une parole, incline la tête pour marquer son assentiment. Aussitôt, deux des bandits se lèvent de leur banc, saisissent la chaise sur laquelle se trouve le père Alfred et soulèvent le tout pour le porter jusqu'à la meule.

— Très bien, dit le N° 1, vous allez lui poser la tête sur le socle.

— Mille diables, balbutie Ficelle, ils vont l'assassiner !

Françoise lui serre le bras en murmurant :

— Tais-toi ! Le fermier ne risque rien du tout !

— Mais... mais...

— Regarde !

L'homme s'agite, se débat de toutes ses forces en roulant des yeux épouvantés. Le Grand Hibou lève le bras. Les deux bourreaux s'immobilisent. Le Hibou n° 2 se penche sur le cultivateur et lui demande :

— Êtes-vous disposé à signer ce chèque ?

Le malheureux agite la tête affirmativement.

— Est-ce bien sûr ?

Nouvelle affirmation.

— Vous êtes donc prêt à entrer dans notre confrérie, à obéir aveuglément aux ordres donnés par le Grand Hibou ?

Le père Alfred remue frénétiquement la tête de haut en bas et de bas en haut pour manifester son adhésion. Le N° 2 se redresse :

— Détachez-le !

Les deux aides s'empressent. Le cultivateur est débarrassé de ses liens et on lui présente son propre carnet de chèques qu'il signe avec empressement. Puis le N° 2 remonte sur l'estrade et déclare :

— Mes chers confrères, notre néophyte vient de payer sa cotisation ; il est donc des nôtres et peut dès à présent revêtir l'habit de notre association.

Le Grand Hibou se lève. Malgré son nom, il est de taille assez petite. Il décroche une robe que soutient un clou planté à côté d'un flambeau, la fait revêtir par le cultivateur, lui cache la tête sous une cagoule qui porte le n° 15. Puis il le prend par la manche, l'amène jusqu'à une place libre et lui fait signe de s'asseoir sur le banc. Après quoi, il revient derrière sa table. La cérémonie est terminée.

— Sapristi ! grogne Françoise entre ses dents, ils ont une manière efficace pour recruter de nouveaux adhérents ! S'ils appliquent ce système à tous les Framboisiens, ils seront bientôt plusieurs milliers !

Le Hibou n° 2, qui semble faire office de secrétaire général, consulte divers papiers puis annonce :

— Mes chers confrères, nous allons préparer les opérations pour la journée de demain vendredi. Ainsi que nous l'avons prévu lors de notre dernière rencontre, nous allons nous occuper de l'éléphant. L'opération se déroulera en deux temps. Premièrement, les Hiboux n°s 4, 5 et 6 se rendront au point B. Je n'ai pas besoin de vous rappeler où se trouve le point B ?

Hochements de têtes approbateurs dans l'assistance.

— L'opération débutera demain matin à 10 h 17. Les Hiboux 7, 8, 9 et 10 entreront en action pour attaquer l'éléphant. Ils seront protégés par les numéros 11 et 12 qui se posteront au point C et ne le quitteront que lorsque les premiers auront terminé. Nous ne devrions pas avoir de difficultés.

Il se tourne vers le côté du banc où est assis le cultivateur.

— Puisque nous comptons parmi notre assemblée un nouveau membre, nous allons lui faire l'honneur de le désigner pour provoquer l'explosion. C'est lui qui appuiera sur la poignée de l'exploseur. Quelqu'un a-t-il une question à poser ? Non ? Bien. Demain, nous fixerons les détails des travaux du samedi. La séance est levée !

Les Hiboux quittent la salle en emportant les flambeaux qu'ils éteignent dès qu'ils se trouvent au-dehors. Le Grand Hibou sort en dernier, après s'être assuré d'un coup d'œil qu'il ne reste rien de compromettant. Il referme derrière lui la porte de la bâtisse. Quelques instants plus tard, des bruits de moteur se font entendre : les Hiboux repartent en voiture.

— Qu'allons-nous faire, demande Ficelle, nous les suivons ?

Françoise hoche la tête :

— Tu n'as pas la prétention de courir après des autos ?

Elle fait un rétablissement sur l'appui de la fenêtre, allume sa lampe et saute à l'intérieur du bâtiment. Ficelle demande :

— Que veux-tu faire ? chercher des indices ? Ils n'ont rien laissé derrière eux...

— Je veux simplement faire une petite vérification.

Elle est penchée sur le socle de la meule et trempe un doigt dans le sang qui la macule. Elle s'essuie avec son mouchoir et sourit.

— C'est bien ce que je pensais. J'avais raison en te disant qu'Alfred ne risquait rien.

— Pourquoi ?

— C'est de l'encre rouge. Tout comme celle dont se sert Mlle Bigoudi pour inscrire des zéros sur tes cahiers.

— Ah ? Mais pourquoi avoir mis cette encre sur la meule ?

— Pour impressionner le fermier. Quand le

Hibou a dit qu'ils avaient écrasé un cultivateur la nuit dernière, j'ai compris aussitôt que c'était du bluff, puisque nous étions venues nous-mêmes dans l'après-midi, et que la meule était intacte. Seulement, avec ce petit truc, les nouveaux venus ont une frousse intense et les Hiboux leur font faire ce qu'ils veulent.

— Oui, ils leur font signer des chèques !
— Voilà.

Françoise remonte dans la barque et s'empare d'une perche.

— Où allons-nous maintenant ? demande Boulotte.

— Nous allons nous coucher.

Ficelle proteste :

— Comment, tu parles d'aller te coucher, alors que demain les Hiboux vont attaquer un éléphant ?

Françoise hausse les épaules.

— Sais-tu qui est cet éléphant, et où sont les points B et C ?

— Non...

— Alors, que veux-tu faire ?

— Mais... Je ne sais pas, moi... Avertir le commissaire Maigrelet...

— Si le commissaire entend au bout du fil

une voix lui annonçant qu'un hibou attaquera un éléphant demain à 10 h 17, il raccrochera en se demandant s'il a affaire à une folle !

— Heu !... Oui, évidemment.

Ficelle plonge sa perche dans l'eau en soupirant :

— Quel dommage que Fantômette ne fasse pas partie de notre club. Je suis sûre qu'elle devinerait ce qu'est cette histoire d'éléphant !

chapitre 8
L'éléphant de 10h17

Le commissaire Maigrelet cale une longue pipe entre ses dents, repousse son chapeau en arrière et entre dans la gendarmerie de Framboisy, salué par le brigadier Pivoine.

— Alors, brigadier, rien de nouveau ?

— Si, monsieur le commissaire. Un coup de téléphone.

— De qui ?

— De cette fameuse aventurière qui se fait appeler Fantômette.

— Fantômette ? N'est-ce pas cette jeune fille qui vous avait permis d'arrêter une bande d'espions internationaux ?

— En effet, c'est elle.

— Et que vous a-t-elle dit ?

— Quelque chose que moi, tout brigadier que je suis, je trouve un peu fort de café !

— Qu'est-ce donc, mon ami ?

— *« Les Hiboux vont attaquer l'express qui passe à Framboisy à 10 h 17. »*

— Comment ? attaquer un train ?... Nom d'une pipe, ils se croient donc au Far West !

— Apparemment, monsieur le commissaire. Après la banque, le train. Après le train, qui sait à quoi ils vont s'en prendre !

— À rien. Nous allons mettre fin à leur petit jeu.

— Péremptoirement ! affirme le gendarme Lilas, qui n'a encore rien dit.

— Et à quel endroit l'attaque doit-elle se produire ? Fantômette vous l'a dit ?

— Elle n'en est pas absolument certaine, mais elle croit avoir deviné que l'opération va se faire avant que le train n'entre en gare. À trois kilomètres en avant de Framboisy, la voie ferrée forme un coude qui traverse un petit bois. Les trains réduisent leur vitesse pour prendre cette courbe. Elle a supposé que les Hiboux vont se poster dans le bois.

— La déduction me paraît logique. Vous avez une carte de la région ?

— Il y en a une accrochée au mur, juste devant votre nez, monsieur le commissaire.

— Ah ! c'est exact.

Le commissaire Maigrelet examine la carte.

— En effet, il y a un petit bois à trois kilomètres à l'est de la ville... le long duquel passe la route départementale... Bien.

» Nous allons intervenir au dernier moment, juste avant qu'ils ne déclenchent l'attaque... Mais il y a une chose que j'aimerais savoir... C'est comment ils vont s'y prendre pour arrêter le train ?

— Ah ! j'oubliais de vous dire : Fantômette a parlé d'une explosion.

— Je vois. C'est le coup classique des bandits du Texas. On fait sauter les rails à quelques centaines de mètres en avant du convoi.

Il se frotte les mains.

— Eh bien, tout ceci se présente merveilleusement. À 10 h 15, nos cars de police arriveront par la départementale et débarqueront des hommes qui se dissimuleront derrière les arbres, s'approcheront discrètement et sauteront sur ces forbans. Compris ?

— Compris, monsieur le commissaire. Je vais subséquemment donner des ordres.

Le commissaire bourre sa pipe et l'allume avec une vive satisfaction. S'il menait à bien cette affaire – et pourquoi n'en serait-il pas ainsi ? – sa renommée et son prestige ne pourraient que s'accroître.

Indubitablement.

— Reprenons notre étude de *L'Avare*. Nous en étions restées la dernière fois au passage où Harpagon ordonne à Dame Claude de nettoyer les meubles, mais de ne pas frotter trop fort pour ne pas les user. Il va maintenant s'adresser à Maître Jacques, qui est à la fois son cocher et son cuisinier...

Françoise regarde sa montre : 10 h 14. Si le commissaire n'arrive pas à temps pour empêcher l'explosion, elle se produira dans trois minutes. Les fenêtres de la salle de classe, orientées vers l'est, sont ouvertes ; la détonation s'entendra nettement.

— Harpagon demande à son cuisinier s'il fera bonne chère, c'est-à-dire s'il préparera un bon repas. Maître Jacques répond que oui, à condition qu'on lui donne beaucoup d'argent.

Évidemment, cette réponse déplaît à Harpagon, qui se met en colère dès qu'il est question de faire des dépenses...

L'institutrice s'interrompt et demande d'une voix sévère :

— Mademoiselle Françoise Dupont, pourquoi regardez-vous constamment votre montre ? Êtes-vous donc si pressée de vous rendre en récréation ?

Françoise se garde bien de répondre. Mlle Bigoudi reprend son cours :

— L'intendant Valère intervient, et cite un proverbe qui plaît beaucoup à Harpagon : « Il faut manger pour vivre et non pas vivre pour manger. »

Plus que deux minutes. Comment le commissaire Maigrelet va-t-il s'y prendre pour capturer la bande ? A-t-il encerclé le bois ? A-t-il prévenu la compagnie de chemin de fer pour qu'on fasse monter des policiers dans le train ?

— ... et il recommande à Maître Jacques de servir au début du repas des mets dont on mange peu et qui rassasient tout d'abord, c'est-à-dire des plats bourratifs...

Plus qu'une minute.

— Mademoiselle Dupont, voulez-vous répéter ce que je viens de dire ?

Silence.

— Je trouve que depuis quelque temps vous prêtez peu d'attention à ce qui se passe en classe. Si vous continuez de la sorte, vous perdrez votre place de première ! Je disais donc que l'avare recommande à son cuisinier de ne préparer un repas que pour huit personnes, bien que les convives soient dix. Il déclare : « Quand il y a à manger pour huit, il y en a bien pour dix. »

10 h 15 ! La voie va peut-être sauter d'une seconde à l'autre.

— ... c'est encore un trait qui nous montre sa profonde avarice...

Du côté de la gare, un coup de sifflet retentit, annonçant l'arrivée d'un train... 10 h 18... 19... 20...

L'explosion n'a pas eu lieu. Françoise sourit. Le commissaire a réussi à arrêter les Hiboux !

« Tout de même, pense-t-elle, j'aimerais savoir comment les choses se sont passées. Si je peux m'éclipser à la récréation, j'irai faire un tour du côté du commissariat. »

— ... et lorsque Maître Jacques révèle à Harpagon que tout le quartier le traite de grippe-sou, l'avare s'emporte et donne des coups de canne à son domestique...

Une sonnerie se fait entendre, annonçant la récréation. Les filles sortent dans la cour. Françoise prend aussitôt à part Boulotte et Ficelle pour leur exposer le plan qu'elle vient d'échafauder rapidement afin de sortir de l'école. Il s'agit de détourner l'attention de la concierge pendant quelques secondes. Les deux autres approuvent. Ficelle se baisse, arrache la lanière d'une de ses sandalettes et s'en va à cloche-pied jusqu'à la loge où elle sollicite le prêt d'une épingle double pour effectuer une réparation provisoire. Tandis que la brave femme recherche l'épingle et que Boulotte fait le guet, Françoise ouvre doucement la porte et sort discrètement de l'école.

La concierge regarde la pendule accrochée au mur de sa loge et constate qu'il est temps de sonner la fin de la récréation. Elle appuie donc sur le bouton commandant la sonnerie. Ce faisant, elle tourne le dos à l'entrée ; ce qui ne lui permet pas de voir la porte s'ouvrir et Françoise rentrer discrètement dans l'école.

La brunette se mêle à la colonne des élèves qui retournent en classe. Au moment de s'asseoir, Ficelle demande à voix basse :

— Alors, qu'es-tu allée faire dehors ?

Françoise répond de même :

— Pas le temps de t'expliquer. Je te le dirai tout à l'heure, à la sortie.

Pendant une heure et demie, Ficelle se tourmente le cerveau pour essayer de deviner où Françoise est allée, tandis que Mlle Bigoudi expose les beautés du théorème de Pythagore. La grande fille pousse Boulotte du coude et lui demande, en baissant la voix :

— Dis donc, pourquoi Françoise nous a-t-elle demandé de l'aider à sortir ?

Boulotte cesse un instant de mâcher le chewing-gum qui lui sert à tromper sa faim et dit :

— Sais pas.

Cette réponse n'apprend pas grand-chose à Ficelle qui se résigne à attendre la fin de la classe. À midi, la sonnerie se fait entendre et les filles peuvent reprendre leur liberté. Aussitôt, Ficelle et Boulotte questionnent Françoise qui, avant de donner des explications, demande à Ficelle de lui confier le bout de fil bleu et noir.

— C'est pour quoi faire ?
— Une expérience.

Après de multiples recherches dans les poches de sa blouse, de sa veste et de sa robe, la grande fille se rappelle que le fil est noué à la barrette de plastique rouge qui tente – sans succès d'ailleurs – de maintenir ses cheveux en place.

— Voilà.
— Merci.
— Et maintenant, vas-tu nous expliquer ?
— J'ai été faire un tour du côté de la gendarmerie et j'ai assisté à l'arrivée des cars transportant les gendarmes qui venaient d'essayer de capturer les Hiboux.

— Mais d'où venaient-ils ? demande Ficelle.

— D'un petit bois qui se trouve à l'est de la ville, à l'endroit où les Hiboux ont tenté d'attaquer le train.

— Mais comment sais-tu tout cela ?

— Oh ! c'était facile à deviner. Vous vous souvenez qu'hier soir les bandits ont fixé l'heure de l'attaque à 10 h 17. Cela m'a semblé bizarre. En général, on choisit une heure ronde : minuit, trois heures, cinq heures, mais non fractionnée. Cela m'a donné l'idée que ce fameux 10 h 17 pouvait bien marquer le passage d'un train. Ce qui cadrait parfaitement avec les directives fournies par le Hibou n° 2 : une explosion destinée à couper la voie, un groupe s'attaquant aux voyageurs pendant qu'un autre assurerait sa protection. Le train était baptisé d'un mot de code : éléphant. Quant au lieu de l'attaque, ce ne pouvait être que le petit bois. C'est l'emplacement idéal pour une embuscade.

— Mais le commissaire Maigrelet était au courant de cette affaire ?

— Oui, puisqu'il a envoyé trois cars de gendarmes dans le bois. Mais apparemment l'attaque n'a pas eu lieu, car il n'y a pas eu d'explosion. À 10 h 17 exactement, j'ai entendu le sifflet du train qui entrait en gare.

— Et pourquoi l'explosion ne s'est-elle pas produite ?

— Je l'ignore, mais je crois que cela peut s'expliquer par le fait suivant : le Hibou qui devait faire sauter la voie était le fermier Alfred. Il est probable qu'au dernier moment il a été effrayé par les conséquences de son geste et n'a pas osé faire fonctionner l'exploseur. Cela a dû bousculer les plans du Grand Hibou. En tout cas, les bandits ont pu s'échapper.

Ficelle se gratte le bout du nez en réfléchissant. Une chose paraît la tourmenter :

— Tout cela ne nous explique pas comment le commissaire a été averti que les Hiboux allaient attaquer le train. Ils n'ont tout de même pas pris la peine de le prévenir !

— Non, évidemment, ce ne sont pas les Hiboux qui ont averti la police, c'est Fantômette.

— Pas possible ! Elle est donc sur cette affaire ?

— Mais oui.

Boulotte intervient :

— Et toi, Françoise, comment sais-tu que Fantômette a prévenu le commissaire ?

Françoise met un doigt sur sa bouche :

— Chut ! Secret professionnel ! En tant que membre du FLIC, je dois être au courant de tout.

— Oui, fit Ficelle, mais tu pourrais bien nous le dire !...

— Non, non ! Ce ne serait plus un secret.

Malgré l'insistance de ses amies, Françoise ne veut pas révéler d'où elle tient son renseignement. Il est d'ailleurs l'heure de déjeuner, et les trois filles se séparent après avoir décidé que l'après-midi serait consacré à la mise au point d'un plan grâce auquel le club capturerait la bande des Hiboux, puisque les gendarmes n'ont pu mener à bien cette entreprise.

Ce beau projet est réduit à néant par l'arrivée de l'oncle de Ficelle, l'amiral Cabestan, qui vient passer la journée à Framboisy. Il manifeste son intention d'emmener sa nièce au cinéma en soirée, ainsi que Boulotte qui se trouve là.

Malgré les protestations de Ficelle qui a déjà vu trois fois *Les Boucaniers des Caraïbes*, l'amiral ne veut rien entendre : il adore les histoires de pirates. Dans l'après-midi, Ficelle et Boulotte préviennent Françoise que l'arrestation des Hiboux est reportée à une date ultérieure.

chapitre 9
L'enveloppe

Un kayak glisse silencieusement sur l'Ondine.

La double pagaie plonge régulièrement dans l'eau noire, tantôt à droite, tantôt à gauche, comme une mécanique bien réglée. La fine embarcation ne laisse derrière elle qu'un mince sillage ridant à peine la surface de la rivière. Un curieux personnage manie la pagaie. Une sorte de diable noir dont le visage disparaît sous un loup et dont les épaules sont recouvertes par une cape de soie :

Fantômette.

Elle se dirige vers le lieu de réunion des Hiboux, en suivant la même voie que celle prise par les membres du Framboisy Limiers

Club. Là-bas, la fenêtre du moulin diffuse une lueur jaune d'intensité irrégulière, indiquant que les flambeaux sont allumés.

Le kayak s'approche très rapidement de la roue dont la pénombre laisse deviner le mouvement de rotation, et s'arrête net sous la fenêtre. Fantômette attache une amarre à une pierre anguleuse du mur, et, d'un bond souple, saute sur l'appui de la fenêtre où elle reste blottie, observant la scène qui se déroule à l'intérieur du moulin.

Les Hiboux occupent leurs bancs, attentifs aux paroles prononcées par le N° 2 qui se tient debout sur l'estrade. Le Grand Hibou est assis derrière la table et paraît ne jamais prendre la parole. Le N° 2, d'un ton sec, scande des mots où perce une colère contenue, en brandissant un poing fermé.

— Les choses ne peuvent pas continuer ainsi ! Si vous croyez que le Grand Hibou va tolérer vos défaillances, vous vous trompez singulièrement ! L'opération de ce matin a failli tourner à la catastrophe ! Pourtant elle avait été minutieusement préparée. Dès que l'explosion aurait coupé la voie et que le train se serait arrêté, vous auriez attaqué les voyageurs. Malheureusement, notre préposé au détonateur, le N° 15, a eu des scrupules ! Vous rendez-vous compte ? Comme si les membres de notre honorable confrérie devaient avoir des scrupules ! Je préviens le N° 15 que le Grand Hibou a vu son attitude d'un très mauvais œil. C'est la première et la dernière faiblesse qu'il lui tolérera, sinon ce sera le supplice de la meule !

Et le N° 2 se tourne vers le chef qui incline la tête gravement, tandis que le cultivateur regarde avec un frisson la meule fraîchement arrosée de sang, c'est-à-dire d'encre rouge. Le Hibou secrétaire continue :

— L'explosion n'ayant pas eu lieu, le Grand Hibou a sagement donné le signal de la retraite, qui s'est faite en longeant la ligne de chemin de fer. Et savez-vous pourquoi nous ne sommes pas repassés à travers le bois, comme nous l'avions fait pour venir ?

Les Hiboux remuent leurs cagoules en signe d'ignorance.

— Parce que le Grand Hibou s'est aperçu, à la dernière seconde, que ce bois était infesté de gendarmes ! Et s'ils étaient là, c'est qu'ils avaient été avertis. Par qui ? La réponse est simple : *par un traître qui se trouve parmi nous !*

Silence pesant. Derrière les carreaux, Fantômette se retient de rire en pensant :

« Mais non, il n'y a pas de traître parmi vous... Seulement, si vous fermiez un peu mieux cette fenêtre, je ne pourrais pas entendre toutes vos petites histoires, et je n'irais pas les raconter au commissaire Maigrelet. ! »

Le Hibou n° 2 croise les bras sur sa poitrine et s'écrie :

— Ce traître sera découvert et puni ! En attendant, et pour éviter toute fuite, les instructions concernant l'opération de demain sont inscrites sur des feuilles enfermées dans des enveloppes correspondant à vos numéros. Chacun prendra connaissance de ses instructions personnelles une fois rentré chez lui. Personne ne saura d'avance où se trouveront les autres membres de la confrérie au moment de l'opération. Ainsi nous ne craindrons pas d'indiscrétion. Vous allez venir un par un au bureau pour y prendre vos enveloppes.

Les bandits quittent leur banc et défilent devant le Grand Hibou qui remet à chacun l'enveloppe portant son numéro. Le N° 2 précise :

— Demain, la réunion aura lieu plus tôt que d'habitude, à huit heures. Nous procéderons au partage du butin accumulé lors des opérations précédentes. La séance est levée.

Les bandits éteignent les flambeaux et sortent dans la nuit.

Le N° 3 a garé sa voiture – un cabriolet décapotable – près d'un bouquet d'arbres, à trois cents mètres du moulin. Il ouvre la porte, glisse l'enveloppe dans le vide-poches et met le contact. Il attend une minute que le moteur se soit réchauffé, embraie et démarre dans la direction opposée à Framboisy. Quoiqu'il habite en ville, le Hibou lui enjoint de faire un détour avant de rentrer chez lui. Tous les membres de la confrérie doivent d'ailleurs suivre des itinéraires irréguliers pour se rendre au moulin ou pour en revenir, afin de déjouer une éventuelle surveillance policière.

Le bandit s'apprête à enlever sa cagoule, lorsqu'il sent une piqûre à la nuque. Il pense aussitôt :

« Une guêpe ! »

— Pas un geste ! Continuez de conduire, sinon mon poignard va vous mordre.

— Que... que voulez-vous ?

— Cette enveloppe.

— Mais... Je ne veux pas vous la donner !

La sensation de piqûre devint plus forte.

— Arrêtez, je vous la donne !

Il saisit l'enveloppe et la tend par-dessus son épaule.

— Merci. J'en ferai un meilleur usage que vous. Maintenant, ralentissez !

Le Hibou appuie progressivement sur le frein et grogne :

— Vous savez, vous êtes en train de jouer un jeu dangereux ! J'ignore qui vous êtes, mais quand le Grand Hibou va apprendre que vous vous mêlez de ses affaires, il vous fera passer un mauvais quart d'heure !

Il se retourne : il n'y a plus personne sur la banquette arrière !

— Alors, demande Françoise, c'était beau, *Les Boucaniers des Caraïbes* ?

— Oh ! oui, dit Ficelle, c'est une grande machine en couleurs surnaturelles et scopiramavision. C'est plein de pirates ! Je l'avais

140

déjà vu trois fois, ce film, mais je n'avais pas très bien compris ce qui se passait. Maintenant j'ai saisi l'intrigue ! Je ne pourrais pas te la raconter parce que je ne m'en souviens plus, mais c'est passionnant ! Tu ne peux pas t'imaginer le nombre de coups de sabre qu'il y a là-dedans !

— Et Boulotte, ça lui a plu ?

— Oh ! moi, je vais surtout au cinéma pour l'entracte. À cause des chocolats glacés. Ceux que je préfère, c'est les pralinés. Et aussi...

Ficelle coupe la parole à la gourmande :

— Dis-moi, Françoise, tu as fait ton expérience avec le bout de fil bleu et noir ?

— Oui.

— C'était une expérience compliquée ?

— Non. J'ai simplement trempé le fil dans de l'essence.

— Pourquoi ?

— Pour le nettoyer.

— Ah ! Alors, la partie noire, c'était...

— Du cambouis.

— Un peu de silence dans les rangs !

Mlle Bigoudi vient d'intervenir pour faire respecter la discipline chez les élèves qui entrent en classe. Un calme relatif s'établit, et les filles s'installent à leurs places. La matinée débute par la dictée d'un texte assez ennuyeux qui doit être d'Ernest Renan, à moins que ce ne soit d'André Theuriet. L'analyse grammaticale qui suit ne passionne guère Ficelle, non plus que l'étude des verbes irréguliers qui vient après. Un problème autrement important occupe son esprit : *qu'a fait Françoise la veille au soir ?*

Elle se penche vers Boulotte et dit :

— Hé ! à ton avis, qu'est-ce que Françoise a bien pu trafiquer pendant que nous étions au cinéma ?

Boulotte réfléchit trois secondes et répond :

— Peut-être a-t-elle fait la cuisine...

La grande Ficelle hausse les épaules :

— C'est bon pour toi de t'occuper de cuisine ! À mon avis...

— Ficelle, taisez-vous !

Mlle Bigoudi a ponctué son ordre d'un coup de règle sur le bureau.

La grande fille baisse le nez en grognant intérieurement :

« C'est tout de même malheureux de ne pas pouvoir parler pendant la classe ! Elle nous interdit de bavarder, et elle a tout le temps la bouche ouverte. »

Renonçant – très provisoirement – aux communications verbales, Ficelle déchire en deux une page de son cahier d'histoire (sur lequel elle est en train de copier le cours de grammaire) et elle écrit la question dont elle tient tant à connaître la réponse. Elle emploie un style abrégé qu'elle vient soudain d'imaginer, grâce auquel un long texte peut se condenser en un seul mot : Ouétualéièrsoir ?

Puis elle montre la feuille à Boulotte qui s'efforce de la déchiffrer. Ce petit manège n'a pas échappé à l'œil perçant de Mlle Bigoudi. Elle jaillit littéralement de l'estrade et fond comme un faucon sur les deux membres du FLIC qui ne peuvent que pousser un « Oh ! » de surprise.

— Donnez-moi ce papier !

Penaude, Boulotte tend le message dont l'institutrice prend connaissance sans pouvoir dissimuler son étonnement.

— Quel est donc ce charabia ? C'est vous qui avez écrit cela, mademoiselle Ficelle ? Vraiment, je me demande pourquoi je me tue à vous inculquer des notions de français !

Renonçant à découvrir la signification de l'étrange mot, Mlle Bigoudi transforme le papier en boulette qu'elle jette au panier et sanctionne l'activité extra-scolaire des deux détectives :

— Mesdemoiselles Boulotte et Ficelle, vous troublez la classe beaucoup trop souvent. Vous resterez ce soir en retenue !

Ficelle aurait volontiers offert une assiette décorée au premier diable disposé à prendre possession de l'institutrice pour la faire bouillir dans une grande marmite. Mais pas le moindre bout de corne du plus petit diablotin n'est visible dans l'école, et elle doit se résigner à faire semblant de suivre le cours. Sa mauvaise humeur redouble au moment de la récréation, lorsque, ayant demandé à Françoise ce qu'elle a fait la veille, la brunette lui répond simplement : « Je me suis promenée », sans fournir de plus amples explications. Le reste de la journée est plutôt maussade ; la perspective de la retenue assombrit les esprits. Si elle dure trop longtemps, Ficelle et Boulotte dîneront fort tard et ne pourront se rendre au moulin pour y surveiller les Hiboux. À six heures du soir, Françoise sort avec les autres élèves, tandis que les deux condamnées restent à copier un nombre incalculable de fois : « Je dois me taire en classe. » Car elles n'ont pu passer l'après-midi sans ouvrir la bouche, ce que réprouve l'institutrice. Les élèves de Mlle Bigoudi n'ont le droit d'ouvrir la bouche que pour réciter leurs leçons.

C'est d'ailleurs à ce moment-là qu'elles choisissent de se taire.

chapitre 10
Dans les griffes du Hibou

Le commissaire Maigrelet fronce les sourcils, se concentrant sur le terrible problème qui se pose à lui. Des rides se forment sur son front où perlent des gouttes de sueur. Sa sagacité bien connue, jointe à son flair proverbial, lui permettrait-elle de trouver une solution ?

Il s'agit de découvrir un mot de quatre lettres dont la définition est : « Fait son chemin dans les affaires. » Le commissaire finit par trouver la réponse : *mite*. Tout joyeux, il inscrit le mot dans la colonne verticale des mots croisés qu'il est en train de faire. La sonnerie du téléphone interrompt ses activités :

— Allô ? Comment, c'est Fantômette qui est au bout du fil ?

Les sourcils du commissaire se froncent de plus en plus. Son visage prend l'aspect d'une tomate de Marmande au mois d'août. Au bout d'un moment, il explose :

— Vous vous moquez du monde ! Hier matin, vous m'avez raconté que les Hiboux allaient attaquer un train... Je suis allé moi-même avec trois cars bourrés de policiers pour cueillir les bandits, et il n'y avait pas plus d'attaque que de beurre fondu au pôle Nord !... Et aujourd'hui vous recommencez ! Ce n'est plus un train, c'est une fourgonnette avec des billets de banque ! Est-ce que ça va durer encore longtemps, cette petite plaisanterie ? Il ne faudrait peut-être pas prendre le commissaire Maigrelet pour un panier de poires !... C'est très sérieux ? Eh bien, moi aussi je suis très sérieux, et faites votre profit de ce que je vais vous dire : si vous me tombez entre les mains, je vous mets entre quatre murs, toute Fantômette que vous êtes !

Et il raccroche. Il ne lui faut pas moins de trois pipes, et quelques définitions, pour retrouver son calme.

La fourgonnette jaune quitte Potiron-le-Neuf

et s'engage sur la route de Framboisy. Elle parcourt ce trajet le dernier jour de chaque mois, car elle transporte une sacoche contenant la paie des ouvriers travaillant à la manufacture de mirlitons.

Sur la banquette sont assis deux hommes : le conducteur Bastien, qui est également caissier à la manufacture, et l'ingénieur Frangipane, l'auteur du fameux ouvrage technique *L'Art et la Manière de fabriquer des mirlitons*. Livre fort apprécié par les amateurs de belle musique, qui considèrent avec juste raison que les mirlitons français sont les premiers du monde.

Il est sept heures et demie du soir, et le jour commence à baisser. Bastien allume les phares, tandis que l'ingénieur décrit le prototype de pipeau en plastique qu'il est en train d'étudier. Il interrompt soudain sa causerie pour désigner du doigt une masse noire qui barre la route.

— Attention, il y a quelque chose devant nous !

— Oui, dit Bastien en freinant, ça m'a tout l'air d'être un camion. Que lui est-il arrivé ? Un accident, peut-être ? Ou alors, il est en train de manœuvrer. Mais pourquoi n'a-t-il pas allumé ses feux de position ?

La fourgonnette s'arrête à quelques mètres de l'obstacle qui obstrue complètement la chaussée.

— Que diable font-ils à cet endroit ?

L'avenir immédiat se charge de lui fournir une réponse.

La route, qui paraît déserte, se trouve soudain envahie par une douzaine de silhouettes noires qui se précipitent vers la fourgonnette. Des ordres fusent :

— Haut les mains ! Sortez de là, vite ! Pas de résistance, sinon nous faisons feu !

Effarés, les deux hommes se voient entourés de spectres en cagoule, qui tiennent entre les mains des fusils de chasse aux canons sciés, armes très dangereuses. Ils descendent de la fourgonnette en levant les bras. Un des malfaiteurs, qui, malgré sa petite taille, semble être le chef, monte dans le véhicule et s'empare de la sacoche. Puis, sans dire un mot, il donne le signal de la retraite. En un instant, les bandits crèvent les pneus de la fourgonnette pour empêcher toute poursuite, montent dans le camion qui a manœuvré pour se remettre dans l'axe de la route, et s'enfuient en direction de Framboisy.

Bastien et Frangipane sont consternés. Le conducteur-caissier gémit :

— Depuis vingt ans que je transporte la paie de la manufacture, c'est la première fois que cela m'arrive ! Que va dire le patron ?

Laissons ces deux braves se lamenter sur le sort de la manufacture de mirlitons et suivons le camion.

Celui-ci emprunte un petit chemin sinueux dans lequel il passe difficilement, qui lui fait faire un long détour avant de l'amener au voisinage de l'Ondine. Le lourd véhicule contourne un bois, franchit un pont, longe la rive sur deux ou trois kilomètres et, finalement, s'arrête à proximité du vieux moulin. Ses occupants en descendent et entrent dans la bâtisse. Les flambeaux sont allumés et le Grand Hibou s'assoit derrière la table. D'un geste, il invite le N° 2, qui est monté sur l'estrade, à prendre la parole. Celui-ci tousse une ou deux fois pour s'éclaircir la voix et parle en ces termes :

— Chers confrères, je dois tout d'abord vous féliciter pour la façon parfaite dont vous avez conduit l'affaire d'aujourd'hui. Cela rachète votre échec d'hier. Certes, l'attaque du train nous aurait fourni un copieux butin. Vous n'ignorez pas qu'au Far West, le plus sûr moyen de faire fortune était de piller les trains qui traversaient la Grande Prairie. C'est ainsi que s'enrichirent Jess James, Roller Catch et Bow Window. Ils furent d'ailleurs pendus tous les trois, mais ce détail n'ôte rien à leur gloire. Et si le N° 15 n'avait pas eu une regrettable défaillance, nous aurions marché sur les traces de ces vaillants pionniers. Enfin, ne revenons pas sur cet échec... Je disais donc que l'affaire de ce soir a été d'un rendement excellent. Si nous ajoutons la somme qu'elle nous rapporte à ce que nous avons récolté précédemment, nous obtenons un assez joli total. Ce total va être partagé entre tous les affiliés ici présents.

Un murmure de satisfaction accueille cette déclaration. Le N° 2 précise :

— Cette somme sera répartie dès que nous aurons mené à bien la prochaine opération qui sera de grande envergure, et pour la préparation de laquelle il nous faudra d'importants capitaux.

Une voix s'élève dans l'assistance. Celle

d'un grand gaillard, le Hibou n° 7, qui demande :

— Qu'est-ce que cela veut dire ? Nous n'allons pas toucher notre part ?

Le N° 2 lève les mains en signe d'apaisement :

— Mais si, mais si. Seulement, pas tout de suite. Je viens de vous dire que, pour organiser notre prochain coup de main, il va nous falloir beaucoup d'argent. Je ne peux pas encore vous donner le détail de l'opération, mais ce sera une chose grandiose !...

Le N° 7 hausse les épaules.

— Nous nous moquons du grandiose. Voilà assez de temps que vous nous promettez notre part et que nous ne voyons rien venir. Pour faire partie de cette association, nous avons versé des sommes énormes, et j'ai l'impression que c'est ce qu'on appelle placer des capitaux à fonds perdus.

Une autre voix s'élève :

— Oui, on nous promet toujours de l'argent, et nous n'en voyons jamais la couleur !

Le Hibou-secrétaire lève de nouveau les bras.

— Voyons, du calme ! Nous ne vous

demandons qu'un peu de patience !... Dès que la prochaine opération sera faite, nous effectuerons le partage. D'ici là...

Mais le N° 7 est décidément de méchante humeur. Il se lève, marche vers l'estrade et s'adresse directement au Grand Hibou :

— Allez-vous m'expliquer pourquoi vous ne voulez pas nous donner notre argent ?

Silence.

— Allez-vous répondre, oui ou non ?

Le N° 2 tente de s'interposer :

— Un peu de calme ! Et respectez la dignité du Grand Hibou auquel on ne doit jamais poser de question !

— Ah ! je vais me gêner pour lui en poser, des questions ! Et d'abord, pourquoi ne parle-t-il jamais ?

— Retournez vous asseoir !

— Pas du tout ! Je veux d'abord mon argent !

— Oui, notre argent, approuvent les autres.

— Oh ! regardez !

Un des Hiboux vient de se lever en tendant le bras vers la fenêtre. Toutes les cagoules se tournent dans cette direction. La croisée est entrouverte et l'on peut apercevoir entre les battants deux visages qui disparaissent soudainement comme des guignols dans leur boîte.

— Saisissez-les ! hurle le N° 2.

Les Hiboux se précipitent vers la fenêtre qu'ils ouvrent en grand. En se penchant, ils aperçoivent deux filles qui se blottissent au fond d'une barque.

— Attrapez-les ! Sortez-les de là !

Oubliant leurs revendications, les bandits se penchent au-dessus de l'appui et sortent Ficelle et Boulotte de leur embarcation.

Les deux filles n'en mènent pas large. Ces grands fantômes noirs qui les entourent, ces flambeaux qui font danser les ombres, cette meule qui tourne dans une encre rouge qui ressemble trop à du sang, tout cela fait passer dans leur dos les frissons de l'hérétique devant le tribunal de l'Inquisition. Ficelle commence à regretter amèrement que la retenue infligée par Mlle Bigoudi n'ait pas duré une heure de plus. Quant à Boulotte, elle se demande à quelle sauce elle va être mangée.

Le Hibou n° 7 décroche une cordelette qui pend à une poutre et attache soigneusement les deux prisonnières, pendant que le N° 2 les interroge.

— Que faites-vous derrière cette fenêtre ? Depuis combien de temps êtes-vous là ?

Les deux détectives amateurs ouvrent la bouche comme des poissons hors de l'eau, sans pouvoir prononcer le moindre son. Finalement, Ficelle dit : « Heu... »

Cette réponse paraît trop courte au Hibou-secrétaire qui descend de l'estrade et secoue la grande fille comme un pommier.

— Allez-vous parler ?

— Heu... oui.

— Alors, que faites-vous là ?

— Nous... nous vous regardons.

— C'est de l'espionnage ! Et pourquoi vous occupez-vous de nous ?

— Parce que... nous avons fondé un club de détectives pour enquêter sur ce que vous faites...

— Et que faisons-nous ?

— Eh bien, vous obligez les commerçants ou les fermiers à vous verser des cotisations, sinon vous cassez tout chez eux... Vous cambriolez les banques... Vous attaquez les trains...

Ficelle se tait soudain. Le silence se fait pesant, lourd de menaces. Le N° 2 semble méditer. Il prononce, presque à voix basse :

— Ainsi, vous connaissez nos secrets ; vous savez quelle est notre activité ; vous avez découvert le lieu où nous nous réunissons... Vous êtes des témoins bien gênants...

Il monte sur l'estrade, chuchote quelques mots à l'oreille du Grand Hibou qui approuve d'un mouvement de tête. Le N° 2 annonce alors à voix haute :

— Nous ne pouvons pas vous laisser repartir. Nous ne pouvons courir le risque que vous alliez raconter à la police ce que vous savez de nous. En conséquence...

Il désigne d'un grand geste dramatique le cylindre de pierre rougie qui tourne inlassablement.

— Nous allons vous faire subir le supplice que nous appliquons à tous ceux qui nous gênent. *Nous allons vous écraser !*

Tout le monde s'attend à voir les deux filles pousser des cris d'épouvante, mais leur attitude est étrange. Boulotte hausse les épaules et Ficelle grogne :

— Vous voulez nous faire croire que vous écrabouillez les gens là-dessous, mais ça ne prend pas ! Ce liquide rouge, c'est de l'encre !

Le Hibou n° 2 a encore le bras en l'air. Il

le laisse retomber. Quoique son visage soit caché par la cagoule, on devine qu'il doit être empreint d'une expression stupéfaite. Il bredouille :

— Comment, vous savez cela aussi !

— Oui, dit Ficelle qui a retrouvé son assurance, c'est pourquoi vous ne nous faites pas peur !

Le N° 2 paraît embarrassé. Il consulte le Grand Hibou qui lui répond en un murmure. Alors, il se croise les bras et déclare sur un ton solennel :

— Il est exact qu'il nous est arrivé de verser de l'encre rouge sur la meule pour impressionner les nouveaux venus. Mais puisque vous avez percé ce secret, nous allons être contraints de nous servir *réellement* de cet engin !

Il descend de l'estrade et empoigne Ficelle.

— Vous serez la première à l'inaugurer. Ce sera ensuite le tour de l'autre.

La grande fille commence à se rendre compte de ce qui va se passer. Elle veut crier, mais le Hibou lui plaque la main sur la bouche en l'entraînant vers le sinistre instrument.

À cet instant, trois coups sont frappés à la

porte, en même temps qu'un papier est glissé sous le battant. Un des bandits ouvre brusquement la porte, mais il n'y a personne derrière. Il se baisse, ramasse le papier et le tend au Grand Hibou, qui lit la phrase suivante, inscrite en lettres majuscules :

*GRAND HIBOU, UNE SURPRISE
T'ATTEND DANS LE CAMION.*

Quel peut être l'auteur de ce message ? Le Hibou n° 1 se lève de la table et sort. Le N° 2 a suspendu l'exécution de Ficelle qu'il a déposée sur le sol. Les bandits cherchent à deviner qui a glissé le papier sous la porte. Celle-ci se rouvre au bout d'une minute, et le Grand Hibou réapparaît. Aussitôt, le N° 2 soulève Ficelle pour la mettre sur le passage de la meule, mais le chef lève soudainement le bras. Il marche vers Ficelle dont il coupe les liens au moyen d'un fin poignard. Le N° 2 bredouille :

— Mais... il faut la supprimer ! Si elle bavarde...

Le Grand Hibou fait un geste rassurant, puis il tranche les cordelettes qui immobilisent

Boulotte. Il ouvre alors la porte en grand et fait signe aux deux filles de sortir. Leur visage exprime un ahurissement assez compréhensible, mais elles ne posent pas de question et s'empressent de quitter les lieux. Le Grand Hibou va pour suivre le même chemin, quand un des bandits le retient par la manche. C'est le N° 7, qui l'interpelle assez sèchement.

— Une minute ! Nous voudrions bien avoir une explication sur tout cela. Pourquoi laissez-vous partir ces deux témoins compromettants ? Qu'est-ce qui va les empêcher maintenant d'aller tout raconter au commissaire Maigrelet ?

Le Grand Hibou hausse les épaules sans répondre. La voix du N° 7 se fait plus menaçante :

— Ah ! non. Vous allez nous donner une explication. Votre attitude a d'ailleurs été bien étrange aujourd'hui. Vous n'avez pas voulu nous verser notre part du butin, vous avez rendu la liberté à ces deux espionnes, et maintenant vous refusez de nous donner les raisons de cette attitude... Alors, parlerez-vous, à la fin ?

Exaspéré par le silence du chef, il tend la main et d'un geste brusque arrache sa cagoule.

L'assemblée pousse un cri de stupeur. Au lieu de la tête d'homme que l'on s'attendait à voir, les bandits découvrent que le Grand Hibou est une jeune fille brune, au visage couvert d'un loup noir, qui les regarde d'un air goguenard. Ébahi, le N° 7 demande :

— Comment, c'est vous qui nous commandez ?

Le Hibou N° 2 descend de l'estrade en s'écriant :

— C'est faux ! Cette gamine n'est pas le Grand Hibou ! Je connais parfaitement notre chef, et je puis vous affirmer qu'il n'a rien à voir avec cette diablotine.

— Alors, qui êtes-vous ? reprend le N° 7.

La jeune fille fait une révérence en étalant gracieusement sa robe noire et se présente :

— Fantômette, justicière. La terreur des voleurs, l'ennemie des bandits, et l'adversaire n° 1 des affreux Hiboux !

— La peste l'étouffe ! grommelle le N° 2, comment se fait-il que vous ayez sur le dos la robe du Grand Hibou ?

— Oh ! c'est toute une histoire... Figurez-vous... mais vous permettez que je l'enlève, cette robe ? Elle me tient trop chaud... et puis elle est trop laide !

Elle retire la robe qu'elle accroche à un clou et paraît vêtue d'un élégant justaucorps de soie jaune. Elle s'assoit tranquillement sur la table pour prononcer son petit discours :

— Figurez-vous qu'en me promenant par ici – car j'aime à respirer l'air frais de la nuit – j'ai aperçu de la lumière filtrant à travers la porte du moulin. J'ai jeté un petit coup d'œil à l'intérieur... Vous me trouvez curieuse, n'est-ce pas ? Je dois avouer que c'est un de mes petits défauts... Eh bien, devinez ce que j'ai vu ? J'ai vu deux écolières de Framboisy, Ficelle et Boulotte, que vous vous apprêtiez à aplatir sous cette meule. Comme ce sont deux bonnes filles et qu'il n'aurait pas été gentil de les supprimer, j'ai gribouillé une phrase quelconque sur un papier que j'ai glissé sous la porte, et ça a très bien marché !

Le N° 2 crispe ses poings :

— Qu'est-ce qui a bien marché ?

— Ma petite combinaison. Le Grand Hibou, qu'il vaudrait mieux appeler le Grand

Naïf, est sorti du moulin ; il est monté dans le camion et...

— Et ?

— Je crois qu'il a reçu par hasard un coup de clef anglaise sur la tête. À part ça, il se porte bien, sauf qu'il est ficelé comme une mortadelle et que je lui ai pris son déguisement pour pouvoir délivrer les deux jeunes imprudentes.

Le N° 2 empoigne Fantômette par le bras ; il rugit :

— Vous avez un toupet infernal !

— Je pense bien !

— Mais qui va vous coûter cher. Vous ne vous imaginez tout de même pas que je vais vous laisser filer après ce que vous venez de nous dire ?

— Pas possible !

— Nous allons vous écraser sous la meule !

Fantômette prend un air faussement effrayé :

— Mais c'est qu'il voudrait me faire peur, ce gros méchant !

Le bandit ramasse une cordelette, empoigne la jeune fille et entreprend de l'attacher, tandis que deux autres cagoulards la maintiennent. Fantômette se met à rire et à pousser de petits cris :

— Hi, hi ! Arrêtez, arrêtez !
— Quoi donc ?
— Vous me chatouillez !

Le N° 2 et le N° 7 soulèvent Fantômette et la portent jusqu'au pied du socle en pierre. Elle demande :

— Savez-vous que ce moulin est fait pour moudre du blé, et non d'honorables Framboisiennes ?

Le N° 2 grommelle :

— Eh bien, pour cette fois, il ne moudra pas de blé... Avez-vous un dernier désir à exprimer avant de mourir ?
— Oui.
— Qu'est-ce que c'est ?
— Je voudrais manger des frites.

Le bandit hausse les épaules.

— Allons, finissons-en !

Il soulève Fantômette et lui pose la tête sur le socle en pierre, comme sur le billot d'un échafaud. Le cylindre de grès se rapproche, d'un mouvement lent mais que rien ne peut arrêter...

chapitre 11

La fin des Hiboux

Le commissaire Maigrelet marche de long en large dans son bureau en tirant de sa pipe des nuages dignes d'un volcan en éruption (vu de loin)[1]. Les rides qui plissent son front indiquent clairement qu'une question grave préoccupe son esprit. Non, cette fois il ne s'agit pas d'un problème de mots croisés. Il médite sur l'avertissement que lui a donné Fantômette. Malgré ses doutes, doit-il en tenir compte ?

La chose met en jeu son prestige. La veille, ne s'est-il pas ridiculisé en mobilisant des cars de gendarmes pour capturer des bandits dont

---

[1]. Il ne fume pas du tabac nauséabond, mais d'odorantes feuilles d'eucalyptus. (Note écologique de Mlle Bigoudi.)

on n'a même pas entrevu l'ombre ? Fantômette l'a tout bonnement mené en bateau ! Et voici qu'elle veut le lancer sur une nouvelle piste, qui sera probablement aussi fausse que la précédente...

Le commissaire Maigrelet appelle le brigadier Pivoine et lui demande s'il pense que Fantômette est sincère.

— Absolument ! affirme Pivoine, chaque fois qu'elle nous a téléphoné ou qu'elle nous a envoyé un mot, c'était pour une chose sérieuse.

— Cependant hier elle nous a annoncé l'attaque du train, et rien ne s'est produit ?

— En effet, monsieur le commissaire, mais si vous m'autorisez à formuler respectueusement une hypothèse...

— Formulez, formulez...

— Ma foi, il est très possible que les ganguèstères aient changé d'avis...

— Qui donc ?

— Les ganguèstères. Les bandits, si vous préférez.

— Ah ! oui. En effet, c'est possible.

— Vous savez, avec ces gens-là, on n'est jamais sûr de rien...

— Alors, vous pensez que les Hiboux vont réellement s'attaquer à la paie de l'usine de mirlitons ?

— Si Fantômette l'a dit, c'est quasiment indubitable.

— Hum !...

Le commissaire rallume sa pipe qui s'est éteinte, réfléchit, puis dit en hésitant :

— Je veux bien faire quelque chose... pour qu'on ne puisse pas dire, si l'attaque a lieu, que je m'étais croisé les bras ; mais je ne veux pas avoir le déploiement de forces d'hier. Prenons simplement une voiture-radio et allons-y, nous deux et le gendarme Lilas.

— Bien, monsieur le commissaire.

— La fourgonnette viendra de Potiron-le-Neuf, je crois. Avez-vous une carte de la région ?

— Devant votre nez, monsieur le commissaire.

Maigrelet étudie la carte, pendant que le brigadier fait avancer la voiture. La nuit est tombée lorsqu'elle quitte Framboisy et prend la route de Potiron. Après cinq minutes de trajet, le brigadier Pivoine, qui conduit, appuie sur le frein. Les phares éclairent deux sil-

167

houettes qui gesticulent au milieu de la route. Le commissaire se penche par la portière :

— Que se passe-t-il ?

— Nous venons d'être attaqués ! Nous transportions l'argent de la manufacture de mirlitons.

Maigrelet explose :

— Nom d'une pipe, c'était donc vrai !... Quel chemin ont-ils pris ?

— Par là, vers la rivière. Ils étaient dans un gros camion à plate-forme.

— Il y a combien de temps ?

— Une ou deux minutes à peine.

— Vite, Pivoine ! Rattrapons-les !

Le brigadier écrase l'accélérateur sous sa semelle à clous, et les policiers abandonnent les mirlitonistes qui lèvent les bras au ciel en gémissant sur leurs pneus aplatis.

La voiture arrive en vue d'un carrefour d'où partent trois chemins. Lequel faut-il prendre ? Un paysan qui revient de son champ en poussant une vache devant lui fournit le précieux renseignement.

— Un gros camion ? Ma foi oui, il m'a croisé... Même qu'il a fait peur à Canicule. Et pourtant, c'est une vache qui n'a pas peur des autos. Figurez-vous qu'un jour, à la foire de Potiron-le-Neuf...

L'auto repart en trombe, pendant que le cultivateur crie :

— Hé ! ne vous sauvez pas ! Je vais vous raconter l'histoire du jour où Canicule a mangé la capote d'une 2 CV !

Le chemin contourne un bois, monte une côte et redescend vers les rives de l'Ondine. Au bord de la rivière, nouvel arrêt. Un ronflement assourdi parvient aux oreilles des policiers. Là-bas, sur un pont de pierre qui enjambe l'Ondine, une masse noire avance lentement. Un camion, tous feux éteints.

— C'est lui !

La poursuite reprend. La voiture passe le pont à son tour, se rapproche du camion mais se maintient à une certaine distance. On longe ainsi la rive pendant deux kilomètres, puis le brigadier Pivoine freine.

— Il s'est arrêté.

— Oui. Descendons... Mais quelle est cette espèce de bâtisse au bord de l'eau ?

— C'est un vieux moulin inhabité.

— Inhabité ? Pas tellement !... Regardez : notre gibier est en train de s'y terrer.

Effectivement, des ombres descendent du camion et pénètrent dans le moulin dont l'intérieur paraît éclairé. Le commissaire et les deux gendarmes sortent de l'auto et se rapprochent en se dissimulant derrière des buissons. Le brigadier suggère :

— Nous pourrions peut-être demander du renfort ?

Le commissaire approuve :

— Oui, maintenant que nous sommes sûrs qu'ils sont là, nous pouvons les capturer tous.

Pendant que Pivoine appelle le commissariat par radio-téléphone, le gendarme Lilas tend le bras vers la rivière.

— N'y a-t-il pas une barque sur l'eau ?

— Des pêcheurs sans doute.

— Oh ! pas à cette heure-ci, monsieur le commissaire ! Regardez... On dirait qu'elle s'arrête près du moulin.

— En effet. Ce doit être des complices.

Ce n'étaient nullement des complices, mais Ficelle et Boulotte qui étaient enfin sorties de l'école après la retenue, et étaient venues exercer leur petite surveillance. On a vu en quelles circonstances elles ont été découvertes par les Hiboux.

Après avoir envoyé son message, le brigadier revient près de Maigrelet :

— C'est fait.

— Très bien. Nous donnerons l'assaut dès qu'ils seront arrivés... Tiens, encore une barque ! La moitié de la bande circule donc sur l'eau ?

Un fin kayak glisse sur l'Ondine. Il s'immobilise contre les herbes qui bordent la rive, et une mince silhouette saute à terre. L'espace d'une seconde, un rayon de lune fait luire une agrafe d'or à laquelle s'accroche une cape qui volette autour des épaules du personnage. Le gendarme retrousse sa moustache et murmure :

— Bizarre, ce costume... cette allure... Voilà qui me rappelle la fameuse Fantômette.

— Fantômette ? Elle ferait donc partie de la bande ? Pourtant c'est elle qui nous a révélé que la fourgonnette serait attaquée.

— Elle les espionne, monsieur le commissaire !

— Ah ! c'est vrai... Elle est en train de regarder ce qui se passe dans le moulin à travers une fente de la porte... Mais... que fait-elle donc ?

Les trois policiers assistent à une série de

faits bizarres. Ils voient Fantômette écrire quelque chose sur un papier qu'elle glisse sous la porte ; ensuite elle se cache dans le camion. Puis le Grand Hibou sort de la bâtisse et monte dans le camion. On entend alors un choc sourd, et le Hibou s'écroule sur le sol. Le brigadier veut intervenir, mais Maigrelet le retient.

— Attendez ! Je veux savoir comment tout cela va finir.

Fantômette enlève au Grand Hibou sa robe noire et s'en revêt ; puis elle entre dans le moulin. Le commissaire ôte sa pipe en déclarant :

— Voilà une soirée passionnante. Fantômette vient d'assommer un Hibou pour lui prendre son déguisement. Allons le voir d'un peu plus près.

Sur le sol, au bas du camion, est allongée une forme sur le visage de laquelle Maigrelet braque sa lampe électrique.

Une triple exclamation s'échappe de la bouche des policiers : *le Hibou est une femme !*

— Oh ! par exemple ! fait le brigadier, mais je la connais ! C'est...

— Vite, cachez-vous ! souffle le commissaire.

La porte du moulin vient de s'ouvrir. Deux personnes en sortent assez précipitamment. Le gendarme les désigne du doigt :

— J'ai l'impression qu'ils vont s'en aller.

— Ne les laissons pas s'échapper !

Ils se précipitent vers les deux bandits supposés qui ne vont pas bien loin. La lampe éclaire les visages effarés de deux filles qui se demandent ce qui leur arrive. Maigrelet s'écrie :

— Quelles sont ces gamines ? Par ma pipe, il n'y a donc que des femmes dans la bande des Hiboux ?

— Nous ne faisons pas partie des Hiboux ! proteste Ficelle, nous sommes des détectives amateurs.

— Et que faites-vous dans le moulin ?

— Nous étions venues pour les surveiller, mais ils nous ont découvertes. Et ils voulaient nous aplatir sous la meule... Mais le Grand Hibou a reçu une lettre, il est sorti, et quand il est rentré, il nous a fait signe de nous en aller. Nous ne savons pas pourquoi...

— Je vais vous le dire, mesdemoiselles.

C'est Fantômette qui a pris la place de celui que vous appelez le Grand Hibou. Je suppose que c'est le chef de la bande ?

— Oui, c'est lui qui dirige tout.

— Dites plutôt « elle ». Il s'agit d'une femme.

Ficelle et Boulotte paraissent extrêmement surprises :

— Qui est-ce donc ?

— Le brigadier la connaît, il va nous dire son nom.

— Oui, dit Pivoine, c'est la femme du garagiste, Mme Boulon.

— Oh ! pas possible ! C'est elle qui a organisé tous les cambriolages ?

— Apparemment. Mais maintenant les méfaits de ces gangsters vont prendre fin. Nous attendons du renfort pour donner l'assaut.

Ficelle est songeuse.

— Je n'aurais jamais imaginé que Mme Boulon dirigeait la bande des Hiboux.

— Et moi, dit Boulotte, je n'aurais jamais pensé que Fantômette se mettrait à sa place pour nous délivrer.

Le gendarme intervient :

— Monsieur le commissaire, si je puis me permettre une petite suggestion...

— Oui, dites.

— Eh bien, cette Fantômette, elle est comme qui dirait notre alliée, puisqu'elle nous aide à combattre les bandits ?

— Évidemment. Alors ?

— Alors, en ce moment elle est toute seule parmi eux...

— Sans doute, mais que risque-t-elle, puisqu'elle est sous la cagoule du Grand Hibou ? Personne ne pourra la reconnaître !

À cet instant, un son déchire les oreilles des policiers. *C'est un épouvantable hurlement !*

La meule se rapproche de la tête de Fantômette.

« Je suis cuite ! » pense-t-elle.

Brusquement, avec une sorte de rage désespérée, elle replie ses jambes et les lance en avant. Ses talons heurtent violemment les genoux du Hibou n° 2, qui hurle comme un fou en la lâchant. Fantômette retombe sur le sol sans se faire de mal et se met à rire :

— Que vous arrive-t-il donc, cher Hibou ?

Je parie que ce sont vos rhumatismes qui vous font souffrir ?

— Tu vas me payer ça ! crie le N° 2 en se frottant les genoux.

Surmontant sa douleur, il empoigne à nouveau Fantômette qui a décidé de se débattre comme un moucheron pris dans une toile d'araignée. Mais d'autres Hiboux viennent prêter main-forte au N° 2 qui lui replace la tête sur le socle de pierre. Cette fois, c'est la fin.

C'est alors que s'élève le ronflement d'un moteur tournant à plein régime, en même temps que le moulin tout entier semble se désintégrer dans un horrible fracas de bois qui se brise ! L'auto du commissaire Maigrelet vient de défoncer la porte comme un tank ! Elle s'immobilise dans un nuage de poussière en plein milieu de la salle tandis que les policiers crient :

— Haut les mains ! Pas un geste ! Vous êtes en état d'arrestation !

Les Hiboux ont une fois de plus lâché Fantômette qui grogne :

— Avez-vous fini de me laisser tomber par terre ? Vous ne pouvez pas me poser délicatement, bande de mal élevés ! Ah ! quelle éducation ! Quelle époque !

Le gendarme s'empresse de lui couper ses liens. Fantômette le félicite :

— Bravo ! Je vous ferai avoir de l'avancement. Mais il est dommage que vous ayez démoli la porte de ce vénérable moulin. C'était une pièce historique.

— Nous n'avions pas le choix, dit Maigrelet. À travers une fente, j'ai aperçu quel traitement ils allaient vous faire subir. Le moyen le plus rapide pour vous sauver était d'employer l'auto comme bélier.

— Compliments. Vous avez de l'esprit d'initiative. Mais dites-moi... Où sont les deux filles ?

— Les deux jeunes détectives amateurs ? Je leur ai dit de rentrer chez elles.

— Vous avez bien fait. Le sport auquel nous nous livrons ce soir n'est pas fait pour des gamines.

— Eh bien, il me semble que vous-même ?...

— Oh ! vous me prenez donc pour une gamine ?

— Hum !... Disons que vous êtes bien

jeune. Enfin, on dit que la valeur n'attend pas le nombre des années, et je dois reconnaître que c'est grâce à vous que la bande des Hiboux peut être arrêtée...

— Pas encore !

Les policiers se retournent pour savoir qui vient de parler.

Sur le seuil de la porte défoncée, se tient Mme Boulon, un fusil à canon court dans chaque main. Elle ordonne :

— Levez les mains en l'air, monsieur le commissaire, et vous aussi, les deux gendarmes ! Quant à Fantômette, elle va au contraire les baisser, et le N° 2 va la rattacher. Et j'espère que cette fois, nous allons enfin pouvoir la transformer en galette !

Sous la menace des armes, les policiers sont alignés contre le mur. Ils regardent Fantômette avec angoisse. Mais celle-ci plaisante joyeusement :

— Ça y est, la séance d'aplatissage va encore recommencer ! Au fait, on dit aplatissage ou aplatissement ? Il faudrait que je regarde dans le dictionnaire... Dites donc, Grande Chouette, vous n'auriez pas un dictionnaire sur vous ? Non ? Alors un Bottin des départements, peut-être ? Non plus ? Mais qu'est-ce que vous lisez, alors ? Les aventures de Mickey ?

— Assez ! fait Mme Boulon, comment pouvez-vous rire quand vos derniers instants sont comptés ? Car vous ne nous gênerez plus, maintenant ! Vous nous avez causé assez de tort. C'est à cause de vous que notre association est contrainte de cesser son activité. Mais heureusement j'ai eu le temps de faire fortune. Savez-vous combien va me rapporter l'ensemble de tous nos petits cambriolages ?

— Oui. Vingt ans de travaux forcés. Regardez derrière vous.

Mme Boulon se retourne.

Toute l'entrée est barrée par un cordon de gendarmes, armés jusqu'aux dents !

— Parfait ! dit Maigrelet, vous êtes arrivés à temps. Embarquez-moi tout ce joli monde. Mais auparavant, je voudrais un peu voir quelle tête ont ces Hiboux. Enlevez vos éteignoirs !

Un par un, les Hiboux retirent leur cagoule. Les gendarmes regardent avec ébahissement les têtes qui apparaissent : le N° 2 est Boulon ; le N° 5 est le charcutier Rillette ; le 3 est Lampion, le marchand de téléviseurs ; le 15, le cultivateur Alfred ; le 9, le directeur du *Majestic*... Tous habitent Framboisy ou les environs.

Ils affichent des mines penaudes. Pivoine s'écrie :

— Comment, vous les Framboisiens, vous êtes devenus des bandits ! C'est renversant, irréfutablement !

Le charcutier écarte les bras en disant avec accablement :

— C'est Boulon et sa femme qui nous ont forcés... Ils nous ont fait croire qu'ils écrasaient sous la meule ceux qui refusaient de faire partie de la bande.

— Bon, bon ! dit le commissaire, vous expliquerez tout ça au juge d'instruction.

Il s'adresse aux gendarmes :

— Allez, emmenez-moi ces Hiboux à la volière... Je ne suis pas fâché d'avoir découvert l'identité de ces oiseaux-là... Mais j'aimerais bien savoir aussi qui se cache sous le masque de notre jeune amie Fantômette.

Il se retourne vers elle.

— Mais... mais où est-elle donc ?

À cet instant, on entend un bruit de plongeon. Maigrelet se précipite vers la fenêtre. Mais il ne voit que la surface noire de l'Ondine, à peine ridée par les ondulations de l'eau qui forment des cercles s'élargissant autour de la vieille roue en bois.

Épilogue

— La voilà ! s'exclame Ficelle.

En compagnie de Boulotte, elle attend l'arrivée de Françoise devant la porte de l'école. Elles courent au-devant de la brunette et lui racontent avec volubilité leur soirée mouvementée.

— Ah ! dit la grande fille, j'aurais voulu que tu sois là quand les Hiboux voulaient écraser Fantômette sous la meule ! Le commissaire a dit qu'elle n'avait pas cessé de lancer des quolibets ! Moi, je serais morte de peur ! Et tu sais qui dirigeait la bande ? Je parie tout ce que tu voudras que tu ne le devineras pas !

— Oh ! je suis sûre que si !

— Ça m'étonnerait ! Alors, qui est-ce ?

— Le garagiste Boulon et sa femme. En fait, c'est Mme Boulon qui était le Grand Hibou.

Une expression d'ahurissement intense envahit le visage de Boulotte et de Ficelle, et cette dernière demande :

— Mais comment le sais-tu ? Personne n'en a encore parlé, puisque l'affaire a eu lieu tard hier soir !

— C'était facile à deviner. Seul un garagiste avait les moyens matériels nécessaires pour maquiller une camionnette afin de la transformer en voiture de pompiers, et d'y installer une échelle mobile. Un garagiste aussi pouvait se procurer facilement des chalumeaux pour découper le coffre-fort, ou un camion pour l'attaque de la fourgonnette. C'est en voyant les engrenages du moulin que j'ai pensé qu'ils avaient été remis en état par un mécanicien professionnel. Ce qui m'a été confirmé par le fameux bout de fil qui provenait d'un bleu de mécano.

— Bon, mais pourquoi donc as-tu pensé que Mme Boulon était le Grand Hibou ?

— À cause de sa petite taille, et parce

qu'elle ne parlait jamais afin que l'on ne reconnaisse pas une voix féminine.

— Eh bien, mesdemoiselles, allez-vous vous décider à entrer dans l'école ?

La voix de Mlle Bigoudi vient rappeler aux trois filles les dures réalités de l'existence. Pendant toute la matinée, Françoise est le seul membre du Framboisy Limiers Club qui prête attention à la classe. Boulotte et surtout Ficelle ne cessent de commenter leurs aventures de la nuit. Elles remplissent tellement l'air de leurs bavardages, que l'institutrice fait tomber sur leur tête une pluie de lignes, de leçons et de verbes à copier, assortis d'une magnifique retenue. Ces sanctions n'arrêtent d'ailleurs pas l'enthousiasme des deux filles, qui redouble lorsqu'elles écoutent le bulletin d'informations de midi, diffusé par la station locale de radio. Avec une immense fierté, elles entendent citer leur nom en même temps que celui du commissaire Maigrelet et celui de Fantômette.

« Le scandale de Framboisy », comme on l'appela d'ailleurs par la suite, entretient dans les esprits une agitation qui se prolonge pendant des semaines, pour la plus grande satisfaction des deux élèves qui ne se lassent pas de répéter le récit de leurs exploits, en les embellissant à chaque fois.

Le commissaire Maigrelet reconstitua avec précision le rôle tenu par chaque Hibou dans l'organisation mise sur pied par le garagiste et surtout sa femme. En fait, il apparut qu'elle était la principale responsable. C'est elle qui avait poussé son mari à semer des clous devant son garage, pour que les voitures soient contraintes de s'arrêter. Puis elle se lança dans l'extorsion de fonds, mettant le feu aux fermes des cultivateurs qui refusaient de payer. Ceux qui montraient encore quelque réticence étaient enlevés et mis en présence de la meule rougie par ce qu'ils croyaient être du sang. Mais Mme Boulon ne borna pas là ses ambitions. Elle se lança dans des opérations de grande envergure, dont la dernière devait causer sa perte.

Maigrelet eut plus de mal à définir l'action de Fantômette. La chose était d'autant plus malaisée qu'elle avait disparu dans l'eau de l'Ondine. S'était-elle noyée ? C'était peu probable, car son kayak ne fut pas retrouvé, ce qui indiquait qu'elle s'en était servie pour prendre le large. Malgré de longues et minutieuses recherches, le commissaire ne put découvrir l'identité de Fantômette, et les bruits les plus invraisemblables continuent de courir sur son compte. Certains vont même jusqu'à prétendre qu'il s'agirait d'une écolière de Framboisy, élève de Mlle Bigoudi !

Pour notre part, nous refusons d'ajouter foi à une hypothèse aussi fantaisiste...

Table

1. Ficelle, Françoise, Boulotte 7
2. Curieux événements 19
3. Le tonneau dans la vitrine 37
4. Un club de détectives 47
5. Aventures nocturnes 71
6. Pique-nique 81
7. Les Hiboux 109
8. L'éléphant de 10 h 17 123
9. L'enveloppe 135
10. Dans les griffes du Hibou 147
11. La fin des Hiboux 165
Épilogue 183

Dans la même *collection*...

Cinq collégiennes douées de pouvoirs surnaturels.

Mini, une petite fille pleine de vie !

Pour Futékati, résoudre les énigmes n'est pas un souci.

Totally Spies, trois super espionnes sans peur et sans reproche.

Claude, ses cousins et son chien Dago mènent l'enquête

Bloom et ses amies à l'école des fées d'Alféa

Cédric, les aventures d'un petit garçon bien sympathique.

Esprit Fantômes, les enquêtes d'une famille un peu farfelue.

Composition *Jouve* – 62300 Lens

Imprimé en France par Qualibris *(J-L)*
N° dépôt légal : 86140 - avril 2007
20.20.1184.9 / 02 -- ISBN 978-2-01-201184-7

Loi n° 49-956 du 16 juillet 1949
sur les publications destinées à la jeunesse